"너무 오래 망설이지 말아요.
이제 여행을 떠날 시간이에요."

일러스트 여행동화 **당신의
빨간고래는
안녕한가요?**

글 그림 사진·정아

| Prologue |

아침에 눈을 떴을 때 술판이 끝난 자리처럼 쓸쓸함이 밀려온다면
가슴에서 나는 눈물이 메말라 버렸다면
모든 것을 손에 다 쥐고 있어도 마음이 공허하다면
만날 수 없는 인연에 대한 외로움이 시작된다면
아무도 없는 곳에서 깨지 않을 낮잠을 자고 싶다면
크게 웃던 내 모습이 전생에나 있었던 일처럼 여겨진다면
밤마다 지나간 편린들이 모여 끝나지 않을 반상회를 연다면
설레는 편지 한 통이 받고 싶다면

고개를 살짝 돌려보세요.

그리고 빨간고래가 보이지 않는다면
오늘은 이곳을 떠나야 해요.

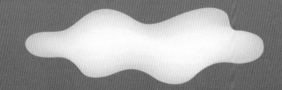

당신의 빨간고래는 안녕한가요?

Contents

하얀 모래 언덕 사이 물이 흐르는 곳곳에 세워진 그림공장.

이곳에서는 서로를 닮은 사람들이 마주 앉아
그림을 그리며 하루하루를 살아가고 있습니다.

이곳의 아침은 연필의 흑심과 종이가 부딪히는 소리로 시작됩니다.
아침에 눈을 뜨면 모두들 연필을 날카롭게 갈고,
긴 종이에 동그라미를 그려가죠. '사각사각'.
그림이 어느 정도 완성되면, 벽에 나 있는 자그마한 창문으로
그것들을 밀어 보냅니다. 이렇게 만들어진 그림들은
한곳에 모여 세상의 모든 동그라미를 만들어내죠.
꽃도 아이의 웃음도 해님의 미소도 이렇게 만들어진답니다.
꽃이 동그랗게 피어나는 것도 해님이 동그랗게 미소를 짓는 것도
당연하고도 당연한 일이기 때문에 대부분의 사람들은
이곳에서 일어나는 일을 알지 못하죠.

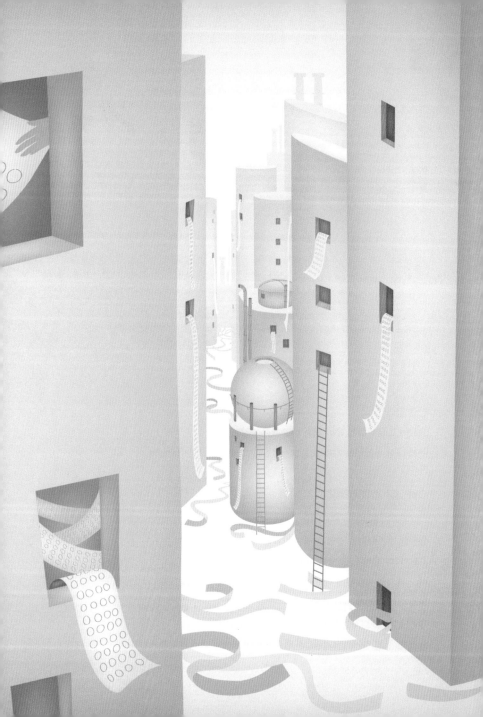

잠깐 잠깐만.
고요하고 평화롭기 짝이 없는 이곳에서 누군가가
종이 대신 통통한 발가락을 창문으로 내밀고 버둥거리고 있습니다.

"뭐하는 짓인가?"
"오늘이를 찾아야 해요."
통통한 발가락의 주인공은 짐 보따리를 꽉 움켜쥐며 말을 잇습니다.
"그러니까 말이죠, 그날 말이죠. 그날에 그랬어요.
여느 때처럼 아침부터 내내 그림 그리기에 정신이 없었지요.
늦게 일어난 터라 하루의 양을 채우기 위해 조금 서둘러 동그라미를
그려나갔어요. 그렇게 정신없이 오후가 지나고,
해가 질 무렵 '아우, 지겨워!' 라고 무심한 표정으로 한마디 나불거렸죠."

"그때였어요. 물바람 부는 소리가 나더니
등이 빨간고래 한 마리가 작은 창으로 유유히 들어오는 거예요."

"우리는 말없이도 금세 친해졌어요.
그림을 그리고 받은 돈으로 빵이나 과자를 사서
나누어주면 등이 빨간 고래는 방긋 웃고는 했었는데,
그가 소리 없이 웃을 때마다 텅 비어 있던 내 방 곳곳에서
꽃이 흐드러지게 피었어요. 참 아름답지 않아요?
이런 게 행복이란 거라고 생각했었죠. 고래는 나에게 특별한 녀석이었고,
오랫동안 같이 살고 싶은 존재였어요. 어쩌면 평생을."

오른쪽 위로 눈동자를 올리며 회상하는 소녀의 눈에서는 행복이 이글거립니다.
"빨간 고래가 웃어주던 순간 이런 생각이 들었어요. '딱 오늘만큼만 행복했으면
좋겠어. 내일도 내일 모레도.' 그러다 녀석의 이름이 번뜩 떠올랐죠."

그래,
너의 이름은 오늘이야.
너의 이름을 부를 때마다
오늘의 너와 내가 생각날 거야.

"우리는 세상 부러울 것 없는 커플이 되었답니다.

난 빨간 고래 오늘이를 좀 더 즐겁게 해주고 싶었어요. 그래서 더 많은 그림을 그렸죠.
많은 양의 그림을 그리면 그만큼 많은 돈을 받으니까요. 그 돈으로 더 많은 빵을 주면
오늘이는 더 많은 웃음을 지으며 내 방에 더 많은 꽃을 피워줄 거라 생각했죠.
그래서 난 아침에 눈을 뜨자마자 쉬지 않고 그림을 그렸어요. 그러다 지쳐 잠이 들고
또다시 일어나 열심히 그림을 그려나갔죠. 이런 날들이 반복되면서 어느새
내 머릿속에 오늘이는 사라지고 그림과 빵만 가득 차 버렸나 봐요.

어느 날 문득 마음 한구석이 공허했어요.
옆을 돌아봤는데, 항상 곁에 있던 나의 오늘이가
없어졌다는 사실을 그때서야 알아차렸죠.
방안을 구석구석 뒤지기 시작했어요.

'언제부터 사라진 걸까? 왜 없어진 걸까? 대체 어디로 갔을까?'
마음이 방망이질을 쳤어요. 그러다 생각했죠.
열 평 남짓한 이 공간에 없다면 지구에서 이 열 평을 뺀 나머지
공간 어딘가에 오늘이가 있겠구나. 그래서 내가 선택하지는 않았지만
평생을 살아온 이 공간을 떠나보기로 했어요. 동그라미도 잠시 잊기로 했고요.
내가 그리지 않는 만큼 다른 사람들에게 피해가 갈 거라는 걱정도 않기로 했어요.
나에게는 빵이나 동그라미보다 오늘이가 더 중요하거든요.
자, 이제 그만 비켜주세요. 한시라도 빨리 오늘이를 찾고 싶네요."

떠남에는 용기가 필요해요.
내가 떠남으로 이 위대한 시간이 멈추기에.

"당신의 오늘이는 여전히
당신 곁에서 웃음 짓고 있나요?"

뫼비우스 길에도
출구는 있을까요?

이틀 밤낮을 날자 손에 쥐고 있던 풍선들이 하나 둘 쪼그라들기 시작합니다.
아무것도 보이지 않는 어둠 속에서 몇 개 남지 않은 풍선을 꼭 쥐고 있자니
겨우겨우 내었던 용기들이 소로록 사라지고 맙니다.
너무 많은 것을 대책 없이 버리고 온 건 아닌지, 아무런 준비도 없이 너무
훌쩍 떠나온 건 아닌지 사라진 용기의 자리에 불안이 고개를 불쑥 내미네요.

설마 깊은 바다 한가운데나 밀림 속으로 떨어지는 건 아니겠죠?
걱정이 꼬리를 물고 이어질 즈음 간이 철렁 내려앉듯 몸이 아래로
쑥 내려가더니 복잡한 것들이 우글거리는 곳으로 떨어지고 말았습니다.

'빵빵' 하는 소리에 정신을 차려보니 수십 대의 오토 릭샤와 사이클 릭샤
그리고 무심한 표정의 소들이 내 옆을 지나가고 있네요.

"저, 여기가 어디죠?"

유난히 검은 눈동자를 지닌 거리의 남자들이 음흉한 웃음을 날릴 뿐,
아무도 내 말에 대답해주지 않아요. 도저히 고개를 들 수 없을 만큼
부담스러운 눈빛을 보내는 사람들, 마치 날 잡아먹기라도 할 것 같네요.

무겁게 누운 반달마저 저를 두렵게 만드는 밤입니다.
왜 하필 이런 곳에 떨어졌을까요. 많은 용기를 내어 떠나온 길인데.

거리에는 온통 낯선 풍경뿐입니다.

날이 밝으니 어둠에 가려져있던 모습들이 더 훤히 드러나는군요.

어둠에 젖어 음습했던 냄새는 사라졌지만, 냄새로 상상되던 그 모습 그대로입니다.

소똥과 쓰레기가 뒤엉켜 아우성치고 있답니다.

"어디로 갈 건데? 타, 싸게 해줄게"

"이거 살래?"

"기차표 싸게 파는 곳을 알려줄게."

멍하니 서있는 내게 수많은 사람들이
달려들어 말을 겁니다. 모두들 분주히 무언가를 사거나,
릭샤를 타고 설레는 얼굴로 어딘가를 향해 떠나고 있습니다.

이곳은 여행자들을 위한 거리라고 합니다. 저처럼 무작정 떠나온 사람들이
이곳에서 여행을 준비하기도 하고, 다시 시작하기도 하고,
여행에서의 지친 마음을 쉬어가기도 하는 모양입니다.
그들을 보고 있자니 여행을 준비하는 일은 참 간단해 보입니다.
다음의 목적지를 정하고, 그곳으로 가는 교통편을 구하고,
이곳에서 사용할 수 있는 돈으로 넉넉하게 환전을 하면 되는 것 같네요.
삶도 이러했던가요? 다음의 일을 정하고, 그 일을 할 수 있는 방법을 구하고,
그곳에서 살아갈 수 있는 방식으로 맞춰 바꾸면 되는 것. 하지만 간단해 보이는
일들이 간단하지만은 않았던 까닭은 무엇이었을까요?
다음의 일을 정하는 데 너무 오래 머뭇거렸던 제 모습이 보입니다.
여행의 거리에서도 저는 여전히 머뭇거리고 있네요.

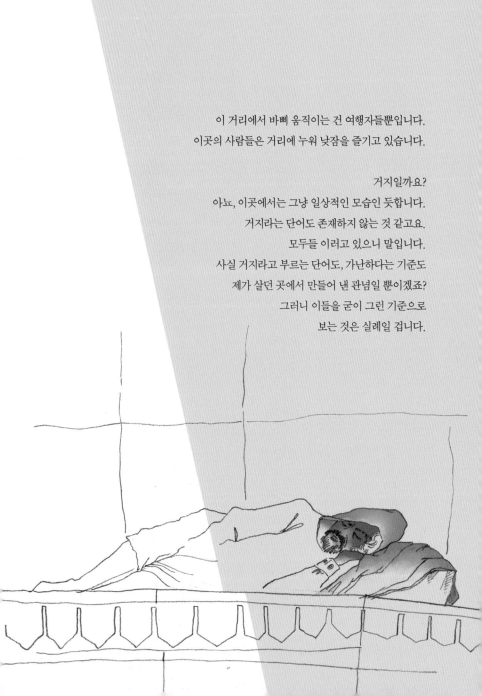

이 거리에서 바삐 움직이는 건 여행자들뿐입니다.
이곳의 사람들은 거리에 누워 낮잠을 즐기고 있습니다.

거지일까요?
아뇨, 이곳에서는 그냥 일상적인 모습인 듯합니다.
거지라는 단어도 존재하지 않는 것 같고요.
모두들 이러고 있으니 말입니다.
사실 거지라고 부르는 단어도, 가난하다는 기준도
제가 살던 곳에서 만들어 낸 관념일 뿐이겠죠?
그러니 이들을 굳이 그런 기준으로
보는 것은 실례일 겁니다.

"당장 돈 내놔."
흠칫 놀라 가방을 꼭 줍니다.
어떡하죠?

무기가 될 만한 것이 보이지 않네요. 이
곳에 오자마자 강도를 만나 모든 걸 뺏기
고 만신창이로 돌아가게 되는 건가요? "전생
에 내가 너에게 돈을 빌려줬어. 그 돈 지금 갚
아." 다행히 강도는 아닌 것 같지만, 뭐 이런 황
당한 시츄에이션? 내가 돈을 빌렸다고? 그것도 전
생에? 오늘은 하루 종일 "돈 내놔." 하는 사람들을
만납니다. 비어있는 지갑보다 제 마음이 더 썰렁하네
요. 전생에 무슨 빚을 이렇게 많이 진 걸까요?

송아지가 병에 걸린 듯합니다. 목과 다리는 말랐는데
배는 기름통만 하게 빵빵해서 비틀거립니다.
아무것도 해줄 수 없는 내 마음이 아픕니다.
하지만 주위에 이 송아지를 불쌍히 여기는 사람은 한 명도 없네요.
사람들도 길거리 강아지들도 다들 병든 소처럼 힘들게 살고 있는 듯 보입니다.
전생을 들먹이며 돈을 요구하는 억지에 지갑이 열릴 만큼
이곳은 정말이지 너무 가난합니다.
가난이라는 관념이 내가 갖게 된 선입견이라고 해도
이곳에서의 나의 마음은 한없이 복잡해지기만 할 뿐입니다.

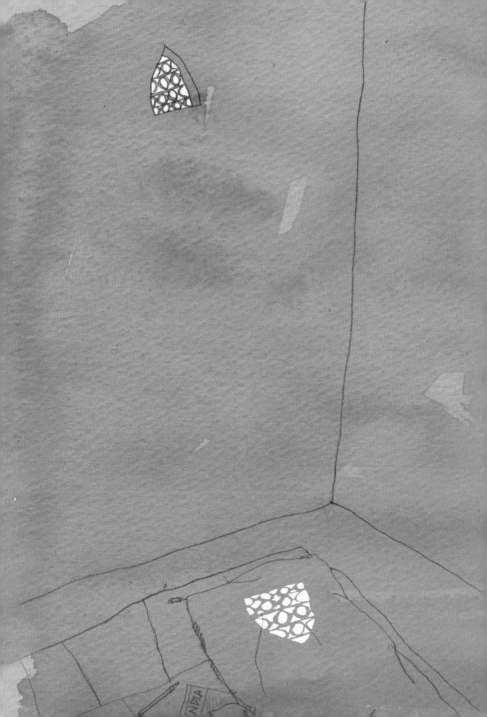

또 다른 아침이 시작되었습니다.
밤의 기운이 채 가시지 않은 눅눅한 침낭 위에
아침이 햇살무늬를 그려놓습니다.

아른거리는 그 무늬를 물끄러미 바라보고 있자니,
오도카니 앉은 제 자리의 어둠이 짙어지는 것 같네요.

우울은, 이런 식으로 찾아오곤 합니다.

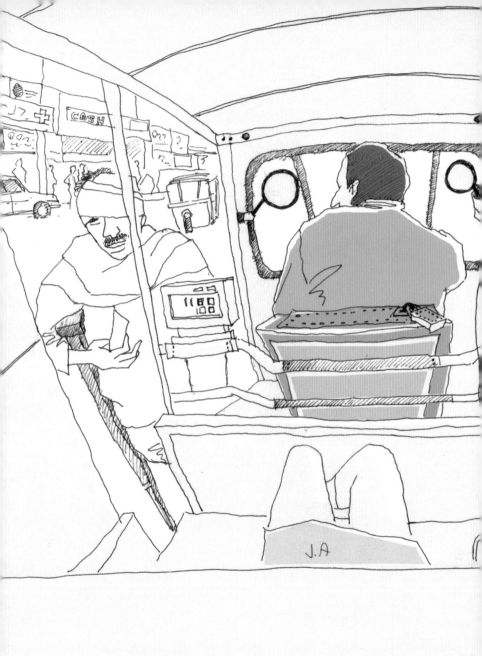

아직 준비가 된 것은 아니지만,
다른 여행자들처럼 다음을 향해 떠나볼까 합니다.
서툰 마음들이 힘을 내어 움직이면 준비는 그렇게 되어지는 것이겠죠?
어디로 가는 것이 좋을지는 모르겠지만, 그래도 저에겐 오늘이를
찾아야 한다는 이유가 있으니 그나마 다행입니다.

'걱정과 고민은 끝날 것 같지 않지만 웬만하면 영원하지 않다.'
여행이 좋은 이유 중 하나는 아무리 비참한 상황도 언젠가는
끝난다는 겁니다. 어쨌든 나는 이곳을 떠날 것이니까요.
이곳의 기차는 거리처럼 어김없이 저를 당황시킵니다. 기차 벽에 침대를
3층으로 붙여놓고 다들 샌드위치처럼 가까스로 끼어들어가 있습니다.
내 자리는 3층 맨 윗간. 짐 놓는 곳인 줄 알았는데 여기가 제 자리였네요.
낑낑거리며 올라와보니, 으악! 바퀴벌레!
이곳의 처음은 매번 이렇습니다.
남이 먹던 짬뽕에 남이 먹던 자장면과 볶음밥을 말아 먹은 기분.
그래도 이놈의 바퀴벌레와 침대 옆에 바로 붙어있는 선풍기에 덕지덕지
내려앉은 뽀~오~얀 먼지와 맞은편 침대에 있는 남자의 끈적거리는
기분 나쁜 시선만 빼면 견딜 만합니다.
낮에는 입석 승객들이 바글바글 대더니, 밤이 되니 조용해지네요.
'설마 내가 잠든 사이 바퀴벌레가 머리 위를 기어 다니지는 않겠지?
그래, 이런 괴로움도 곧 끝날 거야. 내가 이곳에서 평생 살면서
기차를 탈 것도 아닌데, 뭐. 취업, 돈, 영어 점수, 결혼,

이런 걱정들보다는 낫잖아? 괜찮아, 괜찮아.'

하루 종일 화장실 가기가 두려워 굶겼던 나에게 육포를 뜯어 먹이며 위로합니다.
쉽게 익숙해지는 마음이 그 어떤 철저한 준비보다 여행을 완전하게 하는 것 같습니다.
익숙해지기 위해 필요한 건 시간이 아닌지도 모르겠습니다.

지금 타고 있는 이 기차가 부디 편안한 곳으로 데려다 주길 바랍니다.

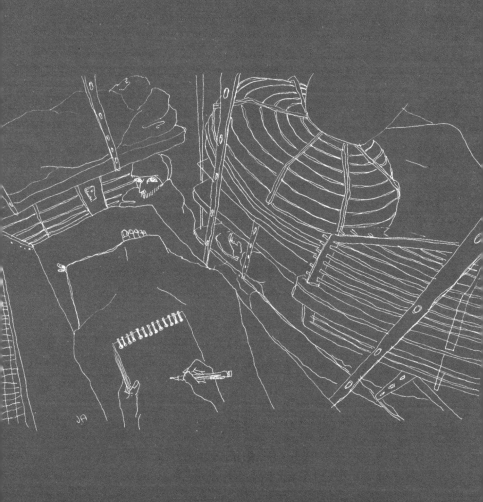

기차를 타고 스무 시간을 달려 정신이 혼미해질 때쯤
내가 살던 곳과 비슷한 풍경을 가진 마을이 나타나기 시작했습니다.
반가운 마음에 가방을 움켜쥐고 찹쌀떡 마냥 흐물거리며
퍼져 있던 몸을 일으켜 세웁니다.
고요하고 따뜻한 바람이 마음을 한결 편안하게 해주네요.
잔뜩 긴장하고 있던 마음들을 풀어놓습니다.
이곳은 왠지 정이 갑니다.
저기 한가운데 덩그러니 있는 것은 성인가요?

한 900년쯤 되었답니다.
노릇노릇한 햇살이 비치는 황금성은
그 시간이 믿기지 않을 만큼 정교하고 아름답습니다.
귀퉁이의 장식들이 "한때 우리도 이렇게 영화로웠다."라고
말하는 듯합니다. 이 길에 왕이 돌아다녔을 것이고
왕을 따르는 많은 사람들이 음모를 꾀하고 아첨을 했겠지요.
헌데 옛날의 그 부귀영화는 어딜 갔는지
썰렁한 바람이 부는 성 안에는 한가롭기 그지없는
순박한 시골 주민들과 소만 남아 있습니다.
하루 종일 앉아 있는 소의 무기력한 시선에서
권력의 부질없음이 느껴집니다.

우리가 사는 일상 속에서도 말이죠.
어른으로 살아가는 건 생각보다 어렵습니다.

이곳은 핑.크.시.티!

이름만 들어도 너무 낭만적이죠?

도시 전체가 핑크색이라나? 이런 곳이 다 있다니. 그러나 사실 핑크시티는 핑크가
아니었답니다. 색이 바란 붉은 갈색의 페인트로 도시 여기저기를 덕지덕지
발라놓은 것이 그야말로 조악하기 그지없습니다.

이 붉은 페인트를 칠한 이유도 낭만과는 거리가 멉니다. 한때 이곳이 다른 나라의
식민지였는데 그때 그 나라 황태자가 이곳에 들렀다고 하네요.

그래서 그를 환영한다는 의미로 도시 전체를 핑크색으로 칠했다고 하는군요.

그런 유들유들한 정치 덕분에 이 핑크시티는 식민지 시대에도 잘 버텨냈습니다.

뭐, 그들을 꼭 비난하는 것은 아녜요. 가끔은 그래야 할 때도 있지요.

우리가 사는 일상 속에서도 말이죠. 어른으로 살아가는 건 생각보다 어렵습니다.

아름다운 성에 얽힌
이야기를 하나 들려드릴까요?

옛날에 막강한 세력을 가진 '샤자한' 이라는 왕이 살았습니다.
그리고 그에게는 이 지구 별에서 가장 아름다운 것을 선물할 만큼 사랑하는
아내 '뭄타즈' 가 있었죠. 그러나 그들의 사랑은 오래 가지 못했습니다.
아내인 뭄타즈는 열네 번째 아이를 낳으려다 젊은 나이에 숨을 거두게 되고,
샤자한은 하루 밤만에 머리가 하얗게 새어버릴 만큼 깊은 슬픔에 빠지게 됩니다.
그러던 어느 날 샤자한은 나라의 신관을 만나게 되어 이런저런 이야기를
나누게 되었는데, 그 신관은 샤자한과 뭄타즈에 관한 전생을 들려주었습니다.
"임금님이 사랑하는 사람은 전생이나 지금이나
뭄타즈 오직 한 사람뿐입니다. 그러나 두 분의
사랑은 이어질 수 없는 운명을 갖고 계십니다.
앞으로도 영원히 그럴 것이고요."
전생에 샤자한은 건축가였고 뭄타즈와는 금슬 좋은 부부였답니다.
그러나 아름다운 뭄타즈의 미모에 반한 어느 부자가 샤자한과 뭄타즈를 떨어뜨려
놓으려고 샤자한에게 아주 먼 곳에 저택을 지어달라고 의뢰를 합니다.
그래서 샤자한은 뭄타즈를 떠나게 되고 먼 곳에서 일을 하게 되죠. 그러나 그는
아내가 너무 보고 싶어 어느 날 몰래 집에 다시 찾아왔다가 일을 의뢰했던 부자가
아내에게 하는 부정한 행동을 보고 분노하게 됩니다. 화가 난 그는 일터로 돌아가
지금 짓고 있는 부자의 저택이 무너지게끔 설계를 하고, 완공된 저택으로 들어온

부자가 저택이 무너져 죽기만을 기대하였습니다. 저택은 완성되었고
그의 계획대로 새로 지은 저택으로 부자가 들어온 지 며칠 만에 저택은
무너져 버렸습니다. 기쁨의 환호성을 지르며 샤자한은 무너진 저택으로 달려갔죠.
그러나 무너진 돌무더기 아래에는 부자가 아닌 자신의 아내 뭄타즈의 시신이
있었습니다. 뭄타즈도 샤자한이 너무 보고 싶어 그곳으로 몰래 찾아왔다가
변을 당했던 것입니다. 이러한 비극적 전생을 알게 된 샤자한은 신관에게 어떻게
하면 이런 비극을 피할 수 있는지 물었습니다.

"야무나 강을 사이에 두고 임금님과 왕비님의 무덤을
각각 만드십시오. 그리고 강에 다리를 놓아 두 무덤을
연결한다면 두 분의 사랑은 영원할 것입니다.
그러나 전생에 두 분의 관계를 방해했던 그 부자도
계속해서 나타날 것이니 긴장의 끈을 놓으시면 안 됩니다."

샤자한은 그 부자가 지금 어디에 있느냐고 물었지만 신관은 오직 "데칸고원을
밟고 선 자"라고만 대답해 주었습니다. 이후 데칸고원에 항거하는 세력이 있어
샤자한은 그의 아들 중 가장 용맹스러운 아우랑제브를 데칸고원에 보내
그 반란 세력의 싹을 없애도록 명하게 됩니다. 아우랑제브는 아버지의 바람대로
데칸고원을 평정했죠. 그리고 곧 샤자한은 뭄타즈를 위해 야무나 강 옆에 세상에서
가장 아름다운 무덤을 만들기 시작했습니다. 전 세계의 유명한 건축가와
예술가들이 이곳에 모여들었고 상상을 초월하는 건축비와 인력이 투입되었죠.
그렇게 22년 동안 무리하게 진행되었던 공사는 백성들의 원성을 사고,
민심이 분열된 이 나라는 주변 세력들에게 끊임없이 위협을 받게 됩니다.
데칸고원을 평정하였던 그의 아들 아우랑제브는 아버지의 정치와
뭄타즈의 무덤 공사에 불만을 가지게 되고, 데칸고원을 발판으로 반란을
일으켜 샤자한을 폐위시키죠. 그리고 이곳 아그라 성의 높은 탑에 유폐시킵니다.

결국 샤자한은 이곳 아그라 성에서 8년 동안 이렇게
뭄타즈의 무덤을 하염없이 바라보다 생을 마감했다고 합니다.

구름처럼
금방이라도 사라질 듯한
하얀 뭄타즈의 무덤.

무덤에 가까이 다가가도 하늘만큼이나
하얀색이어서 희미하게 보인답니다.
희미하게, 애틋하게, 아름답게.
저 멀리 하늘나라에나 있을 듯한 궁전.
샤자한이 왕비 뭄타즈를 그리워하며 지은
이 묘지에 샤자한의 마음이 담겨있는 듯합니다.

뽀드득 뽀드득…. 사막 위에 남을 나의 발자국들처럼
그리운 내 마음이 이 길을 따라 그렇게 전해졌으면 좋겠습니다.

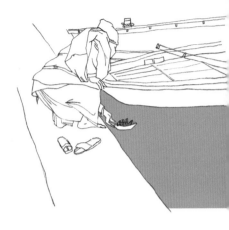

한참을 걷다 강가에 도착했습니다.
강을 따라 산책을 합니다.

사람들이 시체를 태워 강물에 떠워 보내고
그 옆에서 물소가 똥을 싸고
그 옆에서 누군가 빨래를 하고
그 옆에서 누군가 경건하게 기도를 올리고
그 옆에서 누군가 비누와 치약을 챙겨와 목욕을 하고
그 옆에서 누군가 강물을 떠다 마시고
그 옆에서 아이들이 크로케를 하며 뛰어놀고 있습니다.

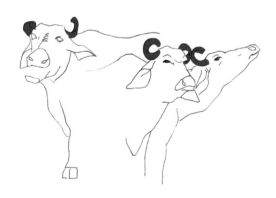

이 모든 걸 다 집어 삼키고도
너무 조용한 강가.

그리고 보니 이곳은 처음 여행을
시작했던 그곳과 크게 다르지 않습니다.
둥글게 연결되어 있는 길을 걷다가
다시 이곳으로 왔는지도 모르겠습니다.
그런데, 이상하네요. 그렇게 더럽고 냄새나고
짜증나게 싫기만 했던 풍경들이 고요하게 느껴집니다.

"빨간 고래와 네가 인연이
있다면 만나게 될 거고,
그렇지 않다면 만나지 못할 거야.
모든 것은 신의 뜻이란다."

천진난만한 염소가 목에 걸린 방울을 딸랑거리며 다가옵니다.
"이봐, 뭘 그렇게 생각해? 우리는 원래 이러고 살았어.
여행자들은 하나같이 바보 같은 눈을 껌뻑이며
우리를 보고 '믿을 수 없어!' 라고 외치더라?"
"원래… 라고?"
"원래라는 말은 전해 내려온 그 처음을 의미하는 거야.
사실 이곳이 문명의 발생지거든. 우리는 그 위대한 처음을 만든
이들의 후손이고, 우리의 문명이 가장 먼저 시작했으니
'원래' 라는 기준으로 따지자면 우리가 이렇게 사는 것은
지극히 자연스러운 것이라고 할 수 있지. 그리고 우리의 기준으로 보면
오히려 네가 사는 곳에서의 관습이나 관념, 규범 등은 굉장히 부자연스러워.
그러니 네가 살던 곳의 가치관으로 우리를 평가하려 들지 마."
야단을 맞은 듯한 나는 말을 돌리고 싶어졌습니다.
"그래, 그런데 혹시 등이 빨간 고래를 보지 못했니?"
"뭐? 고래? 고래를 찾으려면 강이 아닌 바다로
가야하지 않을까? 그런데 빨간 고래는 왜 찾는 거야?"
나는 염소에게 오늘이와의 만남과 내가 이곳에 온 이유 등을 얘기해 주었습니다.
"빨간 고래와 네가 인연이 있다면 만나게 될 거고,
그렇지 않다면 만나지 못할 거야. 모든 것은 신의 뜻이란다."

강을 떠나 말없이 걷다 뒤를 돌아보았습니다.
저 멀리 강가에서 사람들이 시신을 태우고 있네요.
이제 막 타기 시작한 시신, 반쯤 탄 시신, 거의 다 탄 시신, 시신들.
염소의 말대로 내 작은 머리로 판단하지 않기로 했습니다.
그리고 그냥 받아들이기로 마음먹었습니다.
어느새 낯설었던 풍경들이 고요하게 마음 속으로 들어와 버렸답니다.
고통스럽게 반복될 것만 같던 길 위의 시간들이 새로운 길로 들어선 것처럼.

나도 언젠가는 저 시신들처럼 태워 없어지겠죠?

이제 바다가 있는 곳으로 가야겠습니다.
지도를 보니 남쪽에 파랗게 바다가 그려져 있네요.

남쪽 바다로 가는 기차를 타기 위해 산만 한 짐을
끌고 아동 바동 거리며 기차역으로 나왔습니다.
나의 시선 안으로 여유로운 연기 한 자락이 들어오네요.
신발도 없고 달랑 보자기 가방 하나와 담요가 전부인 듯한 남자가
천천히 담배를 피우며 시간을 즐기고 있습니다. 가까이 다가가 몸집이
큰 카메라를 들이대도 관심 없다는 표정만 지을 뿐입니다.
가진 게 없어도 행복한 듯 담요 한 장 두르고 홀연히 떠나는 여행.
여유로운 표정과 몸짓에서 아우라가 모락모락 나오고 있습니다. 오~!

문득 산만 한 제 가방이 부끄러워집니다.

낯선 곳에서 내 몸보다 무거운 짐은 때론 기댈 곳처럼 든든하기도 하지만,

어쩌면 이 무거운 짐 때문에 나는 더 쉽게 지치고 화가 났는지도 모르겠습니다.

난 왜 이리 짐이 많은 걸까요? 이곳저곳 돌아다니다 보면 이놈의 무게 때문에

어느새 내 몸은 껍데기만 있는 듯 아무 생각이 없어져버립니다.

가끔 시야가 하얗게 변하기도 하죠. 가져오지 않아도 될 것을 알면서도

이제는 버려도 된다는 것을 알면서도 그러지 못해 이것저것 꾸역꾸역 담긴 내 가방.

마치 인생에서 버리지 못하는 미련덩어리 같기만 합니다.

서른 해 동안 미련스럽게 꾸역꾸역 담아온 것들은 또 얼마나 많을까요?

너무 무거워서 나를 쉽게 지치게 만드는 생각과 마음들마저 부끄러워지네요.

기차 안의 시간은 참 느리게 흐릅니다.
어른이 되고 동그라미를 그리기 시작한 후
지금까지의 시간들보다 더 길게 느껴질 만큼.

동그라미를 그리는 기계가 되어버린 순간에는
하루가 정말 1초처럼 지나가기도 했던 것 같습니다.

동그라미가 너무 그리기 싫을 때는
그 1초가 1년처럼 느껴지기도 했지만요.
그 수많은 1초 중에 나에 대해,
내가 그리는 동그라미에 대해, 사람들에 대해,
고요하게 생각이란 걸 했던 시간은 과연 얼마나 될까요?
나도 모르는 사이 부질없는 1초들이
눈덩이처럼 뭉쳐 몇 년이란 시간이 되어 사라져버린 듯합니다.

"저기요."
멍하니 생각에 잠겨 있는 나를
누군가 흔들어 놓습니다.

"혼자 여행 중이신가요?"
고개를 들어보니 옆 침대에 누워 있던 사람입니다. 고개를 끄덕이며 옆을
내주니 너무도 반갑게 말을 쏟아놓습니다. 자신도 혼자 여행 중이라면서
그동안 갔던 곳들을 이야기합니다. 정신없이 쏟아놓는 말들 사이사이 감탄사가
수두룩하네요. 여행이 너무~ 너무~ 좋다고 합니다. 왜 좋은지 궁금해졌지만
묻지 않기로 합니다. 그에 적절한 대답은 시간이 많이 흐른 뒤에 알게 될 테니 묻지
않기로 하지요. 잠시 내가 그랬으면 좋겠다는 생각을 합니다. 스물두 살이라는
나이와 학생이란 신분 그리고 그의 체력이 부러웠습니다.
물론 스물두 살로 돌아가고 싶은 것은 절대 아니지만 내가 스물두 살에 이곳에
왔더라면 지금과는 다른 것들을 느끼고 가지 않았을까 하는 아쉬움이 남습니다.
마찬가지로 내가 서른이 훌쩍 넘어 한 10년 후쯤 다시 이곳에 왔을 땐
지금과는 또 다른 것들을 가져가겠죠? 오늘이 어떤 날이었는지는
나 역시 시간이 많이 흐른 뒤 알게 되겠죠.

기차를 타고 열 시간을 가야합니다.
이런저런 생각에 잠기다 짐을 정리해야겠다고 마음먹었습니다.
가방을 열어보니 정말 필요 없는 것들이 너무 많네요.
이것들 때문에 며칠 동안의 시간들이 더 힘들었는지도 모르겠어요.
자, 이제 좀 가뿐하게 여행을 시작해 볼까요?

빨간 고래를 찾습니다

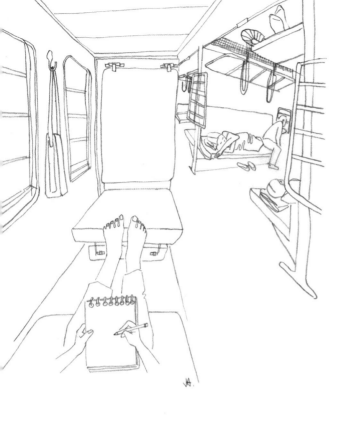

열 시간쯤 지나자 창밖으로 야자나무와
반짝반짝 빛나는 바다가 나타나기 시작합니다.
이렇게 숫자가 깔끔하게 떨어질 때
운명 같은 것을 느낀답니다.

예감이 좋은 걸~.
내려, 이제부터 바다야!

도착하자마자 따뜻하고 커다란 바닷바람에
취해 마음이 풀어져버리네요.
낯선 상황에 놓여 잔뜩 긴장하고 있던
몸과 마음에 휴식을 주어도 괜찮겠죠?

잠이 오면 따뜻한 모래사장에 몸을 뉘이고
그러다 스르륵 일어나 해변을 거닐고,
배가 고파지면 맛있는 과일과 바다가재 요리를
먹으면서 잠시만 쉬기로 해요.
아주 잠시 동안만.
아주 잠시 동안만.
아주 잠시 동안만.

오늘은 이곳에 장이 서는 날이네요.
무언가 재미있는 게 없을까요?

저는 저걸로 할게요.
왼쪽 팔뚝에 소박하게 그려주세요.

라씨를 먹을 때만큼은
위생 따위 생각 하지
않기로 해요. 라씨는 우유를 발효시
킨 요거트 비슷한 건데, 저것을 퍼
서 단 한번도 안 씻었을 것 같은
파란색 믹서에 넣고 과일과 함
께 갈아 줍니다. 맛은? '정말
맛있다'고 하면 진부한
표현이겠죠? 하지만 그것만
큼 정확한 말이 또 어디 있
을까요?

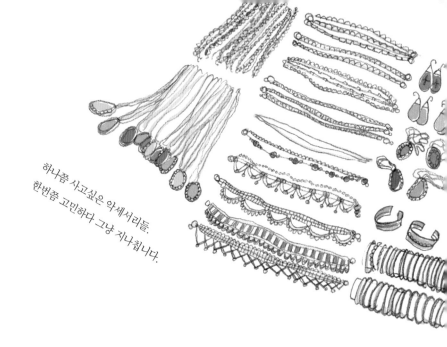

하나쯤 사고싶은 악세서리들.
한번쯤 고민하다 그냥 지나칩니다.

알록달록한 천으로 만든 보석상자.

내가 좋아하는 하늘색 상자를 하나 사서

무엇을 넣어둘지 생각해 보기로 해요.

바람이 붑니다.

천으로 만든 등이 야자나무소리와 함께 쉬 쉬 소리를 내자
시끌벅적한 시장 소리들이 바람에 쓸려 날아갑니다.
그리고 엄마가 부르는 자장가 소리가 가늘게 들려옵니다.

"까르르르."
끊이지 않는 나의 웃음소리가 주황색 바다 바람에
흔들릴 때 이곳을 미리 그리워합니다.

그동안 많이 지쳐있었습니다.
머리로 사람들을 이해하지 못하니 마음도 편할 수가 없었고,
사람들을 이해하지 않으니 사람들 사이에 있어도
혼자 있는 것처럼 외로웠습니다.
마음이 바다처럼 포근해지니 절로 웃음이 납니다.
"꺄르르."
아, 정말로 여기가 낙원이 아닌가요?

춤추는 여인들을 따라
나는 나원 속으로 들어갑니다.

다시,
아침입니다. 어떤 말로 쉽게
승낙해버리게 만드는
마법의 향기가 조금 섞여 있는

푸른 밤바다의 달콤함이 썰물처럼 스르륵 밀려나고,
밤새 풀어져버린 마음들 위로 눈부신 아침햇살이 쏟아집니다.
화려한 조명을 받은 발레리나처럼 쏟아지는 빛 사이로 먼지가 춤을 추고,
내 귀는 불어오는 바람 속에서 노랫소리를 듣고 있습니다.
처음 오늘이가 웃으며 나의 방을 꽃으로 물들어 주던 그날의 기분입니다.
그날의 행복했던 나의 마음이,
기억 속에서 박제되었던 그날의 마음이,
달음질쳐 방안으로 달려와 지금의 나에게 들어옵니다.
익숙해진 웃음이라고 설레지 않았던 건 아닌데,
조금씩 무덤덤해진 나의 반응이 오늘이를 슬프게 했던 걸까요?
가만, 그때의 마음을 다시 느끼게 하기 위해
오늘이가 나를 이곳으로 이끈 듯합니다.
오늘이를 찾아 물어봐야겠습니다.

밀려갔다 되돌아오는 파도의
반복적 리듬을 원래 좋아하고 있었어요.
엄마의 뱃속에서 들었던 엄마의 심장소리와
비슷한 리듬인 것을요.

옅은 하늘색 바다와 바다색 하늘이 마주하고 있는 곳에서
오늘이를 닮은 고래 한 마리를 만났습니다.
닮은 모습만으로도 반갑네요.
"저, 혹시 오늘이를 보지 못하셨나요?"
범고래는 큰 눈을 그저 천천히 껌뻑이기만 합니다.
참. 오늘이라는 이름은 나만 아는 이름이군요.
"그러니까, 제 친구인데요. 그 애도 고래에요. 빨간 색 등을 가진.
제가 웃으면 같이 웃어 주고요. 음, 또⋯."
여전히 범고래는 눈만 껌뻑입니다. 등이 빨갛다는 것 외에
오늘이를 설명할 다른 말을 찾지 못하겠습니다.
도대체 오늘이를 어떻게 설명해야 할까요?

"저, 혹시 나의 오늘이를 보지 못했니?"
도도한 야자나무는 내 행색을 보더니 대답도 안하네요.
나중에 도도한 야자나무를 그려야 할 때가
오면 이곳의 야자나무를 떠올려야겠어요.
돌아오는 길에 반짝이는 은빛 바다를 보았어요.
부드럽게 반짝이는 은빛바다는 마음에 담아가기로 해요.
그리고 나중에 삶이 힘겨워질 때 꺼내어 보기로.

2008. sept 서영

눈싸움이 시작됐습니다.
검은 머리에 민둥민둥한 얼굴을 가진
여자와의 한판승에 고양이 친구들이
하나 둘 모이기 시작합니다.

"저, 혹시 나의 빨간 고래를 보지 못했니?"
모여든 고양이들이 쑥덕거립니다. 고래라는 말에 입맛을
다시며 눈을 번뜩이는 고양이도 있네요. 이런~.
"실은 내가 빨간 고래를 찾아 먼 곳에서 왔는데, 찾을 수가 없어."
"글쎄, 그런 고래를 본 적은 없는 것 같은데. 아크로 폴리스 언덕에 올라가서
찾아보렴. 가장 높은 곳에서 보면 보이지 않을까?"
내가 안되어 보였는지, 한 마리가 친절하게 일러주네요.
왜 그 생각을 못했을까요?

아, 눈싸움은 아쉽게도 저의 패배로 끝났답니다.

고양이가 알려준 세상에서 가장 높은 곳 아크로 폴리스 언덕에 올라왔습니다.
높은 곳에서 둘러보니 세상이 정말 작게 느껴집니다. 이 수많은 집과
사람들 사이 어딘가에 내가 아둥거리며 살아왔던 자리가 있겠죠?
위에서 내려다보면 다 비슷비슷한 크기인데,
왜 서로들 차이를 얘기하며 싸우는지 모르겠습니다.

예전에 이곳에서 철학자들이 모여 인생에 대해 많은 생각들을
나누었다고 합니다. 하지만 지금은 그 이름이 무색하게도 돌무더기
몇 개만 나뒹굴고 있네요. 다 부서진 돌기둥이 말을 거는 듯합니다.
"그래도 우리는 세상 가장 높은 곳에 남아 있다."

눈에 보이지는 않지만 철학과 문화의 힘이 존재하는 곳이기 때문인지
여전히 많은 사람들이 이곳을 찾아옵니다. 옛 철학자들의 대답을 얻으러
올라온 이곳에서 모두들 자신의 자리를 찾아보겠죠?
그들은 어떤 생각을 할까요?

높은 곳에서 둘러보아도 오늘이는 보이지 않습니다.
실망한 마음에 신전 아래 털썩 주저앉아 있는데 돌기둥 사이에서 사람
목소리가 섞인 바람소리가 들립니다. 신화에 나오는 신들이 유령처럼
나타난 걸까요? 많은 것을 알고 있는 신들에게 물어봐야겠어요.

"오늘이는 대체 어디에 있나요?"
"답은 네가 무엇을 찾고 싶은지에 달려있지."

내 마음에게 물었습니다. 무엇을 찾고 싶은지?
이런 생각에 사로잡혀 타박타박 걸으며 아크로 폴리스 언덕을
내려오다가 파란 바다가 보이는 항구에 도착했습니다.
항구를 바쁘게 오고가는 사람들과 배를 보며 생각합니다.

'모두들 무엇을 찾아 떠나는 걸까?
또 무엇을 찾아서 오는 걸까?'

또다시 수많은 질문들이 쏟아집니다.
한번도 답을 얻지 못한 질문들은 지금쯤 어디에서 헤매고 있을까요?
지친 몸처럼 이제는 머리가 지쳐 아무것도 하고 싶지 않아집니다.

서너 명의 사람들이 화통 삶아먹은 듯 큰 소리로 깔깔거리며
앉아있는 내 앞을 가로막습니다. 마치 자기들만 이곳에 있는 줄
착각하고 있나 봐요. '아, 시끄러워. 뭐가 그리도 재미있담?'
한마디 해주어야겠어요. 가까이 다가가 말을 건네려는 순간
내 눈에 그토록 보고 싶었던 것이 들어왔습니다. 그들이 들고 있는
카메라에 오늘이가 찍혀있네요!
"저기요, 여기가 어디인가요? 혹시 이 고래를 보셨어요?"
"응. 아주 웃기는 녀석이던걸? 깔깔. 펠리컨이 모여 있는 곳이 있는데
그곳에서 춤도 추고 노래도 부르더군. 깔깔깔."

조용했던 정막을 깨듯 머릿속에
종소리가 울리기 시작했습니다.
'펠리컨은 어디에 있지?'

삶의 방향을 잃을 때, 펼쳐볼 수 있는
지도가 있었으면 좋겠습니다.
큰 시계가 있는 건물, 사거리 카페처럼 내가 어디에 있는지,
내가 찾는 무엇이 어디쯤 있는지 명확하게 말할 수 있는
표시라도 있었으면 좋겠습니다.

급한 마음에 지도를 펴고 펠리컨을 찾았어요.
'이런, 바보 같은. 펠리컨이 무슨 건물이냐? 지도에 나오게.'
삶의 방향을 잃을 때, 펼쳐볼 수 있는 지도가 있었으면 좋겠습니다.
큰 시계가 있는 건물, 사거리 카페처럼 내가 어디에 있는지,
내가 찾는 무엇이 어디쯤 있는지 명확하게 말할 수 있는
표시라도 있었으면 좋겠습니다.

한참 동안 섬을 헤맸지만 펠리컨의 털조차 볼 수 없습니다.
대신 더위에 지친 나의 시선에 반가운 카페가 보입니다.
음, 잠시 커피향 속으로 들어가야 겠어요.

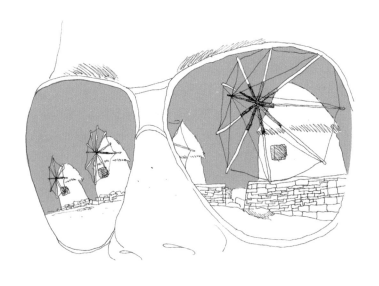

풍차 다섯 개가 덩그러니 놓여있는 이곳은 풍차마을이라네요.
풍차마을? 마을이라고 하기에는 너무 작군요.
한눈에 다 비쳐버린 풍경, 정말 이게 전부랍니다.
아차~ 한 개가 빠졌군요. 그럴 필요까지도 없지만,
그래도 찬찬히 둘러보았습니다. 이곳에도 펠리컨은 없습니다.

잊지 못하는
옛 애인에게
뛰어가듯
그렇게.

다시 항구로 내려와 주변을 어슬렁거리고 있는데
어떤 이들이 펠리컨에 대해 이야기하며 지나갑니다.
"저, 펠리컨을 보셨어요?"
"응, 어느 레스토랑에서 가끔 펠리컨을 풀어놓아.
그럼 펠리컨이 동네 개처럼 해변과 거리를 마구 돌아다니지.
아마 지금쯤 저쪽 해변에 모여 있을 걸?"
머릿속에 여러 가지 생각들이 스쳐지나가기 시작합니다.
처음 오늘이를 봤던 날, 이제껏 집을 떠나 내가 겪었던 일들,
그리고 오늘이를 만나지 못하면 어쩌나 하는 걱정.
혹시나 오늘이가 레스토랑 주인에게 붙들려 피에로처럼
호객행위라도 하고 있는 것은 아닌가. 그런 생각들이 하나 둘
스쳐지나갈 때마다 내 발걸음은 더욱 빨라져 뛰기 시작했습니다.
잊지 못하는 옛 애인에게 뛰어가듯 그렇게.
어느덧 사람들이 설명해준 해변에 도착했습니다.
펠리컨을 만나면 어떻게 하지?
새우깡이라도 던져줘야 하는 거 아닐까?

키가 1미터 정도 되는 펠리컨은 새우깡 따위와는
어울리지 않는 우아한 미모를 가졌습니다.
펠리컨이 눈이 부시도록 하얀 털을 반짝이며
내게 눈으로 말해줍니다.

"등이 빨간 너의 오늘이는
어제 북쪽을 향해 갔어."

북쪽. 마음의 지도에서는 불가능 하지만,
지구상에서 방향을 찾기는 참 쉽습니다.

펠리컨 덕분에 안개가 조금 걷히는 기분입니다. 이제 북쪽을 향해 가야겠습니다.
급하게 표를 구하니 1등석밖에 자리가 없네요. 서두를 필요가 없는 줄은 알지만,
핑계김에 호텔 로비 같은 블루스타 페리 1등석에 앉아봅니다.
아참, 고마운 펠리컨에게 마지막 인사를 못했네요.
자리에서 벌떡 일어나 갑판으로 깡총 뛰어 올라갑니다. 안녕~

드셔보세요,
세상에서 가장 맛있는 마을

출렁이던 바다가 잠잠해지고 짙은 파란색이
옅은 물빛으로 변해갈 즈음 알록달록 예쁜 집들이
머리를 맞대고 있는 해변에 도착했습니다.

두근두근
파티가 열리고 있는 무도회장의
커다란 문을 스스로 열고
입장해야 하는 지각한 신데렐라처럼
숨 호흡을 크게 하고 마을에 내려섭니다.

달콤한 향기가 마을에 가득합니다.

세상에 모든 요리사들이 이곳에서 자신만의 레시피를 만들기 위해
밤마다 몰래 숨어드는 비밀 주방이라도 있는 걸까요?
마을을 둘러싼 자연의 모습마저 달콤해 나도 모르게 입맛을 다십니다.
오늘이도 이 향기에 이끌려 온 걸까요? 이곳은 어디인가요?

여행하는 지역이 어떠한 특색을 가지고 있는지 궁금하다면
제일 먼저 자연을 둘러보세요. 그러면 단번에 답을 찾을 수 있답니다.
사람은 자연에 적응하며 살아왔기 때문에 문화, 언어, 음식, 패션
하다못해 사람들의 생김새까지도 자연을 매우 닮았거든요.

자연을 닮은 이곳의 건물들을 보고 있으면 피자라는 음식이 떠오릅니다.
건물의 색이 딱 피자에 뿌려진 파슬리의 초록색과
피자 안에 들어간 토마토의 붉은색 그리고 치즈의 베이지색이거든요.
피자 맛이 나는 이곳에 들어가 사람들, 문화 그리고 음식이
자연과 얼마나 닮았는지 한번 확인해 볼까요?

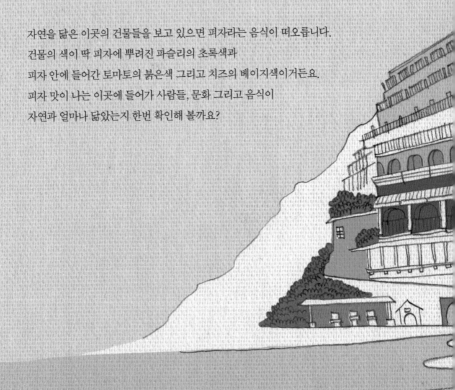

2008. sept JA.

이곳의 피자는 말이죠, 피자 안에 대체 무엇을 넣었는지 신기하게 맛있습니다. 도우에 토마토소스와 치즈만 넣은 것을 '마게리따' 피자라 부르는데 피자의 종류 중 가장 기본적인 토핑만 올라간 피자입니다. 그런데도 맛있답니다. 어떻게 치즈와 토마토소스만으로 이런 맛을 낼 수 있는지. 하루 종일 거리를 거닐다 피자 한 조각과 와인을 사서 호텔로 들어왔습니다. "짭짭, 꿀꺽꿀꺽, 아, 맛나~." 너무 맛있어서 친구들과 함께 먹고 싶다는 생각이 드는군요. 짭짭 거리는 소리만 나는 이 방이 쓸쓸하게 느껴집니다.

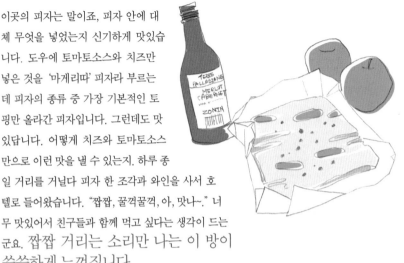

이곳의 젤라또는 제 친구의 말처럼 죽을 만큼 맛있지는 않았어요. 젤라또를 만나기 전 환상의 벽을 너무 높게 쌓았나 봅니다. 환상 속의 그 젤라또가 훨씬 더 맛있었답니다. 태어나서 한 번도 맛보지 못한 그 새로운 맛, 먹는 동안 미소가 지워지지 않는 행복의 맛, 평생 그리워하게 될 그리움의 맛. 그동안 꿈꿀 수 있어 행복했습니다.

"이건 너무 달아 한 번에 먹을 수 없어요.
그러니까 이리 줘보세요. 쪼개야 되요. 아주 달아서."
빨강머리의 앤을 만났습니다. 어찌나 쉼 없이 이야기하던지
제 목소리가 낄 틈이 없네요. 하루 종일 빨강머리 앤 소설을 읽고 있는 듯해요.
스무 살 소녀는 설탕 거품을 굳힌 머랭이라는 사탕을
한 조각 입에 넣고 또 이야기를 시작합니다.

"앞으로 뭘 하면서 살아야 할지 모르겠어요.
하고 싶은 게 많기도 하고, 아무것도
하고 싶지 않기도 하고 갈피를 못잡겠어요.
서른쯤? 그때가 되면 이 갈팡질팡하는
마음들이 잠잠해 질까요?"

'서른인 나도 아직 뭐가 뭔지 잘 모르겠어.' 라고
말해주고 싶었지만 인생 헛산 사람 같이 보일까봐
그냥 머랭 조각과 같이 말을 삼켜버립니다.
부풀어 오른 설탕 거품이 제 인생 같아 살짝 씁쓸하네요.

이곳엔 예술조각들이 많습니다. 그림을 그리는 사람들도 많고요.
다양한 색과 선으로 무언가를 표현하고 있군요. 그 자유로움이
부럽기도 하고 신기하기도 합니다. 음식도, 마음도, 인생도,
예술도 자신만의 레시피를 찾아야겠죠?

어젯밤 과음 하셨군요.

어딜 가나 날 미워하는 사람은 하나씩
꼭 있어요. 두오모에 있는 수많은
조각상들 중 제일 먼저 눈에 들어오는
아기천사. 심통 맞게 생긴 아기천사가
씰룩거리면서 나를 내려다보고 있네요.
서른이 되도록 '아직 아무것도
모르겠어.' 라고 말하는 나를, 바보처럼
오늘이를 잃어버린 나를 야단이라도
치는 것 같아요. 너무 잘 만들어 진짜 같습니다. 홍!

자~ 가슴에 힘주시고
하나 둘 셋!

sept. 2008
JA

이 조각상의 이름은 삐에타입니다.

이것이 만들어졌을 때 사람들은 입을 모아 찬사를 퍼부었다는군요.
그러나 아쉽게도 사람들은 삐에타에만 관심이 있을 뿐
이 조각상을 만든 미켈란젤로라는 조각가에게는 관심을 주지 않았답니다.
그것이 못내 아쉬워 미켈란젤로는 밤에 몰래 베드로 성당에 잠입해
삐에타에 자기 이름을 새겼다고 하네요.
마리아상 가슴 부분을 잘 보면 미켈란젤로의 이름이 있습니다.
그러나 곧 미켈란젤로는 후회했답니다.
그러곤 이후 작품에 이름을 넣는 일은 하지 않았다는군요.
아마도 명성보다는 누군가의 마음에 작품으로 기억되는 사람으로
남고 싶었나 봅니다. 이름이든 작품이든
많은 사람의 마음에 남은 미켈란젤로는 행복한 사람입니다.
그가 아주 많이 부럽습니다.

두오모 꼭대기로 올라가는 길
작은 구멍 사이로 마을을 내려다봅니다.

가장 아름다운 순간에서 잠시 시간을 멈춘 것 같은
풍경들이 그림처럼 보입니다.
영원하자는 연인들의 무책임한 사랑의 약속도
누군가의 작품에 영원이라는 이름을 주기 위한
화가의 슬픈 열정도
이곳이라면 가능할 것 같습니다.
이곳이어서 가능했던 것 같습니다.
영원을 믿게 만드는 정지된 풍경이어서.

멈추어진 시간.
꿈을 꾸듯 아련한 빛.
지금 이 순간을 오랫동안
기억하고 싶어 한참을 바라봅니다.

2008. sept. JA

내게 영원이라는 바람을 품게 했던 것은 무엇이었을까요?
꽃이 되고 아이의 미소가 되었던 동그라미들?
온 방안을 꽃으로 물들이던 오늘이의 웃음?

동그라미를 그리던 지난날의 나의 모습도, 그 의미를 잊어버린 시간도 생각납니다.
살기 위해 해야만 하는 일들과 내가 정말 하고 싶은 일들은 무엇인지 생각합니다.
하지만 매번 생각은 출구를 찾지 못한 채 길 위에 갇혀버리고 맙니다.
많아지는 생각들을 훌훌 털어내고 다시 거리로 나섰습니다.
마침 기분 좋은 바람이 부네요. '오늘은 너를 가져가야겠구나.'

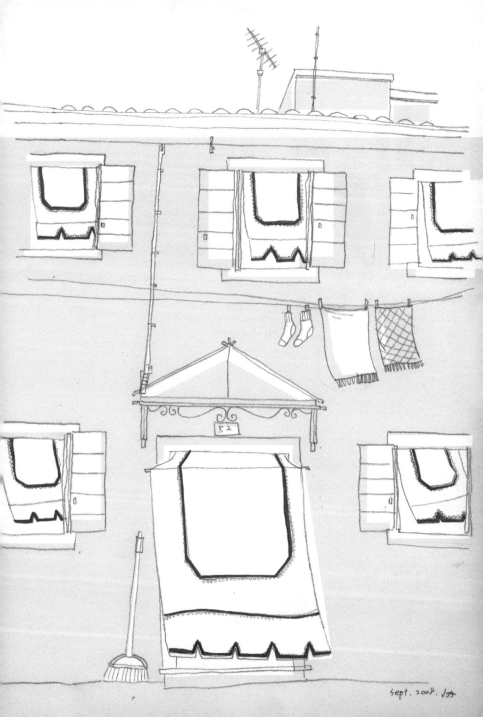

sept. 2008. JA

결혼에 대해 회의적이지만 저런 모습을 볼 때면 결혼이 하고 싶습니다.
'검은 머리 파뿌리 될 때까지 영원히 사랑하겠습니까?'에 대한
맹세는 저런 모습을 말하는 게 아닐까요? 아니면 사귄 지 얼마 안 되셨나?

Sept. 2008 JA

알록달록한 벽 색깔의 냄새들이 햇볕 냄새와 뒤섞여 날아옵니다. 아~, 달달해.
크레파스로 칠한 듯한 집들이 옹기종기 모여 있는 곳으로 나들이를 나왔습니다.

기분 좋은 부라노 섬의 497번지와 499번지 사이.

열혈작업이지만 잘 팔리지 않는 듯해 안쓰럽습니다.
남 걱정은~. 동병상련입니다.

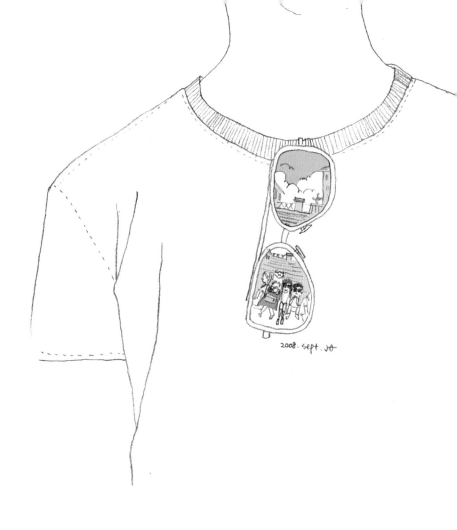

오! 잘생긴 총각~ 자꾸만 시선이 흘깃거려지네요.
마음이 들킬 것 같아 조마조마합니다. 꼭꼭 숨어랏!

"짤랑" 동전 올려놓는 소리가 나면 조금씩 움직이는 거리의 인간 석고상입니다.

모두들 그 조용한 움직임을 숨 죽여 바라보고 있습니다.

작은 손짓만으로도 사람들을 불러 모으는 기막힌 방법을 알고 있네요.

제가 그림을 그리면서 제일 두려워할 때는 중간 과정을 남에게 보여줄 때입니다.
그녀의 용기에 1유로를 조용히 넣습니다.

Sept. 2008 JA
in FIRENZE

sept 2008 JA

어두침침한 골목 사이로 비추는
빛 한줄기에 마음이 활짝 열립니다.
마음을 움직이는 것은 그다지
대단한 것들이 아닐지도 모릅니다.

너무도 여유롭게, 그리고 자신만만하게 자신의 그림을 그리는
사람들을 보고 있자니, 제자신이 조금 초라해지는 것 같습니다.
나도 그들처럼 당당하고 용감해질 수 있을까요?
의미를 부여한 대단한 그림이 아니어도, 그냥 내가 하고 싶은
그림을 자유롭게 그릴 수 있을까요?
배고픈 마음에 영감을 주고자 찾아간 곳들,
하지만 그 유명한 탄식의 다리도, 나폴레옹이 극찬을 했다던 산마르코 광장도,
괴테가 자주 들렀던 카페도 사실 제게 별 감흥을 주지는 못했습니다.
그곳들을 찾아가다 거리에서 만난 나와 같은 사람들을 생각하며 타박타박
돌아오는 길. 어두침침한 골목 사이로 비추는 빛 한줄기에 마음이 활짝 열립니다.
마음을 움직이는 것은 그다지 대단한 것들이 아닐지도 모릅니다.

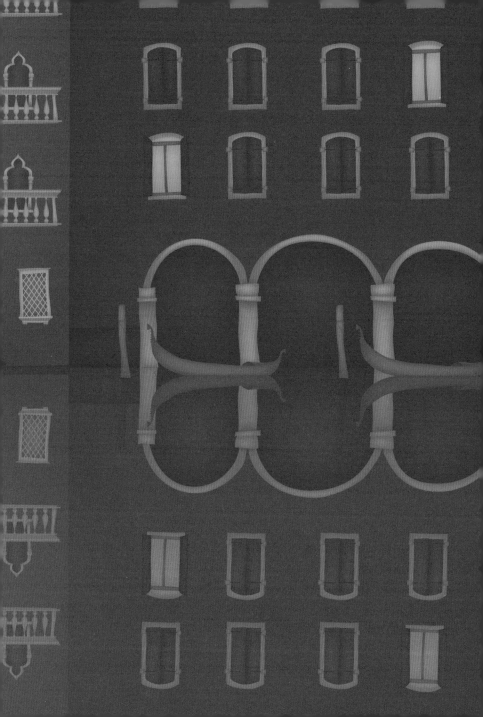

해질 무렵 낯선 거리에서 길을 잃었습니다.
그럴 땐 이곳이 막막한 인생길 같아 잠시 두려워집니다.
하지만 걱정은 잠시 접어두겠어요.
지금 이곳에서 어두운 걱정 따위를 하기에는
햇살이 너무 아름답기 때문입니다.
Carpe Diem!

노을에 머리를
감고 생각을 씻어요

나침반이 가리키는 북쪽으로 더 이동합니다.
오늘이도 이 바닷길을 따라 이동했겠지요?
조금 더 서두르면 늦어버린 시간을 따라 잡을 수 있겠죠.

눈이 시릴 정도로 파란, 아주 파란 바다가
눈앞에서 끝도 없이 흐르고 있습니다.
내 머리부터 흐르던 파란색이 발끝까지 내려왔을 때

하얀색 집이 소복하게 내려앉은
섬이 나타났습니다.

이 섬의 저녁은 말이죠. 파란 바다가 보라색으로 변하고
그것이 하얀 건물에 번져 연분홍색으로 변해갑니다.
모든 것들이 핑크빛으로 변해갑니다. 그러면 하얀 건물의
수만큼 많은 커플들이 노을 아래서 입을 맞춥니다.
이 섬은 너무 로맨틱합니다. 부럽냐고요? 아니요. 흐뭇합니다.

아름다운 이 섬이 너무 맘에 들었습니다.
섬을 구석구석 돌아다녀 볼까요?

좁은 골목길을 돌면 하얀 마을이 짠~

시원한 바람과 아기자기하게
모여 있는 흰 건물 사이에는 이런 비밀이 있습니다.
"사람의 가슴을 말랑말랑하게 해주는 낭만들이 살고 있다."

골목을 따라 걷다 도착한 곳 779번지.

번지수를 적어놓은 작은 문패와 집 앞에 세워져 있는
자전거가 어릴 적 살던 우리 집 같습니다.
아니, 이 하얀 집과 뒤로 펼쳐지는 파란 바다를 옮겨
우리 집으로 하고 싶네요. 지니를 부르면 가능한 일이 되겠죠?
주변에 혹시 요술램프가 떨어져있지 않나 한참
두리번거리다가 그러고 있는 내 모습에 웃음을 터뜨립니다.

미로 같은 하얀 골목길을 돌다가 전망 좋은
카페에 자리를 잡고 앉아 해가 질 때까지
사각거리는 스케치를 즐깁니다.

이곳에 도착한 이후 복잡하게 엉켜있던 머릿속이
너무도 단순해져 버렸습니다. 졸리면 자고, 배고프면 먹고,
눈이 떠지면 일어나고, 그림이 그리고 싶으면 스케치를 하고.

이곳에서 나는 마음껏 행복하게 스케치를 즐기고 있습니다.
무엇을 그려야 하는 걸까 고민 없이, 잘하고 있는 건가 걱정 없이
마음과 손이 자유롭게 움직이면 행복한 웃음처럼 하얀
스케치북 위에 아름다운 선들이 번져나갑니다.
마치 마법에 걸린 것 같아요.

이 모든 것은 노을 덕분인지도 모르겠어요.
저녁이 되면 노을이 지기를 기다립니다.
노을 덕에 모든 것들이 핑크빛으로 변해가죠.
단순해진 내 머리에도 단색 핑크빛 물감이 발려집니다.

이곳의 마법이 다른 곳에도 있을 것만 같아 조금 다른 매력을 가진 곳들도 가보고 싶어졌습니다. 배를 타고 조금만 가면 '이드라'라는 섬이 있다고 하네요. 이드라. 이름이 참 예쁘죠? 이곳만큼이나 아름답다는 말에 귀가 솔깃해집니다.

"난 어지럽지 않아. 울렁거리지 않는다."를 입 밖으로 열 번 말하면 진짜
울렁거리지 않습니다. 거짓말 같지만 진짜에요. 두 시간 동안 갈치 같이
생긴 보트와 실랑이를 벌인 끝에 이드라에 도착했습니다.

FLYINGCAT

참 작은 섬입니다. 마치 조그마한 동네를 주걱으로 살살 떠서 바다 위에
띄워놓은 것 같습니다. 삼십 분 정도 걸으니 처음에 왔던 항구로 다시 돌이왔네요.
항구 주변에는 값비싸 보이는 보트들이 멋지게 서있고 둘 셋씩 보트를 타고
어디론가 떠납니다. 다시 걷기 시작합니다.
눈으로 들어오는 예쁜 것들 때문에 마음 한켠에 꽃이 피는 듯합니다.
부유하지는 않지만 작은 집에 예쁘게 페인트도 칠하고 꽃도 키우고
지나가는 이방인에게 미소도 지어주는 그네들의 모습이 참 행복해 보입니다.
언젠가 나도 그렇게 살리라. 모르는 이가 건넨 미소에 괜히 기분이 좋아지네요.

오늘 하루는 선물 받은 어느 기분 좋은 날 같습니다.

오늘이를 만나지는 못했지만 이렇게 혼자 여행하게 된 것도
나쁘지는 않은 것 같습니다.
아니 혼자만의 시간을 가지게 되어 다행인지도 모르겠어요.
지금까지 한 번도 나에 대해, 시간에 대해,
주변에 대해 이렇게 오랜 시간 생각해본 적이 없었으니까요.
산더미처럼 쌓여있는 당장 그려야 할 동그라미들만 생각했습니다.
어떻게 하면 더 빨리 그릴 수 있을까? 어떻게 하면 더 잘 그릴 수 있을까?
뭐, 그런 것들이 나와 무관한 것들은 아니지만
나 자신보다는 중요하지 않은 것들이죠. 내가 이렇게 혼자 여행하는 것을
오늘이가 어딘가에서 몰래 숨어 지켜보는 것은 아닐까요?
이런 시간을 주기 위해 오늘이가 사라져 버린 것은 아닐까요?
이렇게 나는 나대로 오늘이는 오늘이대로 각자 좋은 여행들을 하다가
천천히 만나도 좋을 것 같네요. 만나서는 서로 각자의 여행을 이야기해주는 거죠.

이제 이 섬들을 떠나 프로방스라는 곳으로 가려고 합니다.
이번에는 좀 더 천천히.

신기합니다.
파랗게만 느껴졌던 바다가 세상에서
가장 편안하고 따뜻한 색으로 다가와 나를 안아줍니다.

고흐씨의 노란색

아침 일찍 일어나 나의 노트를 한장 한장 넘겨봅니다.
하얀 마을에서의 그림들이 마음에 들어 기분이 좋습니다.

처음 그림을 그릴 때였어요.
내가 그린 노란색 동그라미로 된 꽃을 만난 적이 있습니다.
그 꽃은 나의 노란색 동그라미를 썩 맘에 들어하지 않았답니다.
"이렇게 그냥 환한 노란색 말고,
꿈같기도 하고, 환희같기도 한
그런 노란색을 주었다면 더 좋았을 텐데."
꿈같기도 하고, 환희같기도 한 노란색이라니….
그 말이 너무 어려워 멍하니 있는 내게
그 꽃이 고흐라는 화가의 노란색을 알려주었습니다.
그것이 자신이 갖고 싶고 꿈꾸었던 색이라면서.
이후 고흐는 초라해진 내가 숨어버린 그곳에서 만나는 이름이 되었습니다.
이제 눈으로 직접 확인하겠습니다. 그건 내 안의 또 다른 간절함입니다.
그곳에 가면 그를, 그의 영혼을 만날 수 있겠죠?
지도를 펼칠 때마다 3D화면처럼 도드라져 내 눈에 들어왔던 지명.
오늘이를 찾아 북쪽으로 향하던 내 마음이 두근거리던 이유는
그 '프로방스'에 가까워지기 때문이었는지도 모르겠습니다.

정말로 그렇게도 아름다운가요? 빈센트 반 고흐씨?
그곳에 가면 저도 자연이 주는 황홀한 색에 눈을 뜨게 될까요?

"너도 알겠지만, 과거에 이런 행운을 누려본 적이 없다.
이곳의 자연은 정말 아름답지. 모든 것이, 모든 곳이 그렇다.
하늘은 믿을 수 없을 만큼 파랗고, 태양은 창백한 유황빛으로 반짝인다.
천상에서나 볼 수 있을 듯한 푸른색과 노란색의 조합은 얼마나
부드럽고 매혹적인지. 도저히 그렇게 아름답게 그릴 수 있을 것
같지는 않지만, 그 광경에 어찌나 열중했던지 규칙 따위는
조금도 생각하지 않은 채 그림을 그리게 되었다."

프로방스에 머물며 그림을 그렸던 고흐의 말입니다.
그가 남긴 말로만 보아서는 얼마나 근사한 곳인지 알 수 없지만
그의 그림을 보면 프로방스라는 곳이 얼마나 아름다운 곳인지
또 그가 어떤 애정을 쏟아 저런 말들을 했는지 알 수 있습니다.
1888년 2월말. 가난했던 고흐는 물감과 몇 벌 안 되는
옷가지를 낡은 마차에 싣고 터덜터덜 굴러가는
바퀴소리를 들으며 아를로 내려왔겠지요?
아를에 도착하면 그가 그린 그림 속 세상이 펼쳐질까요?
창 밖으로 고흐가 그린 사이플러스 나무가 하나 둘 보이기
시작할 때 옆에서 사람만 한 사냥개가 스윽 거렸습니다.

한가로운 오후, 나 하나만 달랑 태운 버스가 텅텅 소리를 내며
달리더니 풀 뭉치 사이에 다리 하나만 달랑 있는 곳에 세워줍니다.
종착역은 '반 고흐 다리'. 그가 찬양하던 프로방스의 자연 속에서
그의 고향에서 자주 보았던 도개교를 발견했을 때,
그리고 싶을 만큼 반가웠겠죠? 도개교를 그리는 동안 몸은
이곳에 있지만 마음만은 그의 조국에 있지 않았을까요?

자연 속에는 좋은 그림을 그리는 데 필요한 모든 것이 있다.
그러니 내가 성공하지 못한다면, 그건 순전히 내 탓이다.
- Vincent van Goh -

'졸졸' 흐르는 물소리에 맞추어 반짝거리며 흔들리는
것들에 대한 술렁이는 감정들. 어느 팔월의 혼강.

'지도 위의 도시나 마을을 표시하는
검은 점을 보면 꿈을 꾸게 되는 것처럼,
별이 반짝이는 밤하늘은 늘 나를 꿈꾸게 한다.'
- Vincent van Goh -

고흐가 그린 그림 속의 노란 집은 사라지고 없습니다. 대략 위치만 찾을 수 있을 뿐입니다.
네 개의 방을 가진 노란색 외벽의 이층집. 1888년 9월부터 고흐는
이 노란색 집에서 화가 공동체를 만들
푸른 꿈을 꾸었다고 합니다.
화가들을 이곳에 모아 공동생활을 하며 생활비의 부담도 줄이고
그림에 대해 교류도 하고 말이죠. 그래서 그는 이 집에 특별한 애착을 쏟았습니다.
사람에게 있어 '나의 집'이라는 의미는
눈에 보이지 않는 행복을 담는 공간인 것 같습니다.

그해 10월 드디어 그는 친구인 고갱과 함께 노란 집에서 생활을 하게 됩니다.
하지만 두 달쯤 지났을까요? 그들은 그림에 대한 가치관의 차이로
심하게 다투게 되고, 결국 고갱이 노란 집을 떠나버립니다.
고흐는 감정을 주체하지 못해 자신의 귓볼을 면도칼로 자르게 되고
경찰이 의식을 잃은 고흐를 발견해 병원에 옮기죠.
이때부터 고흐는 아를의 정신병원, 생레미의 요양원, 동생 테오의 집을 전전하며
힘겹게 살다 1890년 7월 오베르 쉬아즈에서 끝내 자살을 합니다.
고흐의 꿈이 사라진 것처럼 현재 노란 집은 지형으로 위치만 알아볼 수 있습니다.

화가들이 혼자 사는 건 어리석은 일이라고 생각한다.
고립되어 있으면 결국 패배하기 마련이니까.
- Vincent Van Goh -

이곳은 그가 사랑했던 아를에서 마지막으로 머물렀던 곳입니다.
자신의 귀를 자르고 2주 동안 입원했다가 노란 집으로 돌아오지만
그는 곧 환각상태에 빠지게 되고 그를 불안하게 여긴
주민들의 요청으로 결국 그는 이곳 요양원에 입원되죠.
그리고 이 요양원을 마지막으로 아를을 떠나게 되었다네요.
절망적인 상황에서 슬픔을 농담처럼 받아들이고 싶었던 것은
아직 그려야할 그림들이 남아있다고 여겼기 때문이 아닐까요?
손바닥만큼 작은 요양원에서
정원에 핀 꽃과 나무를 그리며 희망을 찾았을 고흐.
지금은 팔월이라 정원에 꽃이 흐드러지게 피어있는데,
그가 있었던 때는 꽃과 나무가 앙상했나봅니다.
아니면, 그의 마음인가요?

비참한 상황에서 우리가 할 수 있는 최선이란 건
우리의 자잘한 슬픔들을 농담처럼 받아들이는 일인지도 모른다.
- Vincent Van Gogh -

끝도 없이 펼쳐진 해바라기 밭을 만났습니다.
하늘을 향해 방긋 웃는 해바라기는 보는 이의 마음도
방긋 웃게 만드는 생기 가득한 꽃임이 틀림없습니다.
아, 이것이 그 꿈같기도 하고, 환희같기도 한 노란색이군요.
설레는 마음으로 해바라기를 꺾어 방을 장식하고
그 노란빛에 취해 그림을 그렸을 고흐.
하지만 사라져버린 그의 꿈을 알아서일까요?
제겐 이 노란빛이 조금은 슬프게 느껴집니다.

고갱과 함께 우리들의 작업실에서 살게 된다고 생각하니
작업실을 장식하고 싶어졌어. 오직 커다란 해바라기로만 말이야.
- Vincent Van Gogh -

2009. AUG. HA.

고흐가 이곳에서 보낸 밤의 시간들은,
그림 속의 노란색처럼 그의 인생에서 아름답고 반짝이던
순간들이었을지도 모릅니다. 그가 그린 노란색 카페에는
오늘도 사람들이 모여 저마다의
노란색 시간들을 보내고 있습니다.

푸른 밤, 카페 테라스의 가스등이 불을 밝히고 있다.
그 옆으로 별이 반짝이는 파란 하늘이 보인다.
밤의 풍경이나 밤이 주는 느낌 그리고 밤 자체를
이곳에서 그리는 건 아주 흥미롭다.
- Vincent van Gogh -

고흐가 그림을 그리던 자리에 앉아 그의 작품을 떠올리고 있으면,
어느새 그는 내 옆으로 와 조근조근 말을 걸어주었어요.
그가 바라 본 하늘의 별에 대하여.
해를 닮은 꽃, 해바라기에 대하여.
이곳의 노란빛이 얼마나 아름다운지에 대하여.
감정을 그림으로 표현하는 방법에 대하여.
그리고 세상을 마음으로 보는 방법에 대하여.

사람들이 그림을 보고 감동을 하는 이유는 말로 설명할 수 없는
사람의 감정을 표현하고 있기 때문이라네요.
결국 사람을 감동시키는 것은 사람의 진심이군요.
눈을 감고 조금 더 내 마음에 귀를 기울이기로 해요.
고흐가 그린 마을을 산책하다 나무그늘 아래서 잠시 잠이 들었어요.
그리고 꿈을 꾸었습니다. 고흐의 마을을 닮은 소박한 낙원에서는
사이플러스 나무와 해바라기 그리고 오래된 창문에서 피는 꽃들이
이불솜처럼 포근한 바람에 날리고 있었어요. 그리고 그 안에서
머물고 있는 엄마고래와 아기고래의 따뜻한 모정에서부터
나의 꿈들이 눈이 부신 듯 가늘게 뜨고 웃고 있었어요.

아침 일찍 스케치북을 들고 거리를 나섰습니다.
자연이 주는 색에 눈을 떴냐고요? 글쎄요, 그건 잘 모르겠습니다.
하지만 이젠 더 용기를 내어볼까 합니다.
그동안 나는 너무 쉽게 초라해져 숨어들었던 것 같습니다.

팔월의 프로방스.
올리브빛 들풀 사이에 피는 하얀 눈 결정체는
녹지 않게 스케치북에 살짝 얼려 놓기로 해요.

따뜻한 빛 바람 아래 사이플러스 나무 둘.

내가 알지 못하는 그들만의 방식대로 대화를 즐기고 있습니다.

혼자임이 선명해지는 날.

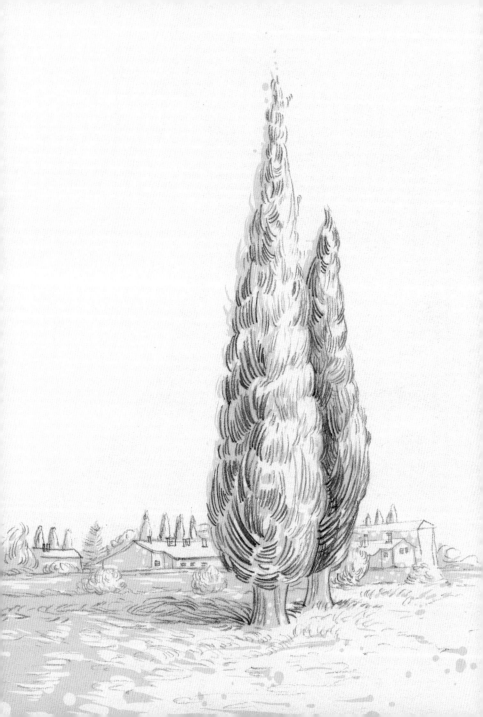

2009 August.

매일 해가 질 무렵 샤워를 하고 물기 가득한 머리를 말리며
하루를 정리하던 곳. 쨍한 낮보다 조금 더 멋진 저녁노을 멍
하니 바라보기, 오늘 찍었던 사진 다시보기, 스케치 다듬기,
자는 척하며 노래듣기, 내일은 어디로 가서 무얼 먹을까 고민
하다 배가 고파지면 바게트 지겹다고 소리내어 말하기. 그러
다 바람이 불면 내가 쓰던 익숙한 비누 냄새에 예전의 그들
을 다시 생각하던 곳.

이제는 이곳을 정리하고
다시 북쪽을 향해 가야 할 것 같아요.
남자 친구와 헤어지듯 뒤돌아보지 않기.

축제가 시작되었습니다

고흐의 마을을 지나 산들바람을 따라
북으로 북으로 길을 걷다 낙타를 만났습니다.
"걸어가니? 태워줄까? 어디까지 가는데?"
글쎄요, 정확하게 내가 어디까지 가는건지 모르겠습니다.

"목적 없이 가고 있구나? 그럼 안 돼. 목적 없는 삶은
그저 시간이 흐르는 대로 살아지게 되거든."

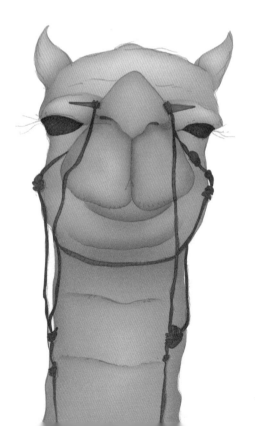

동물이 가장 귀여울 때는 그 작은 머리로 무언가 골똘히
생각하는 것처럼 보일 때인 것 같습니다. 모든 것을 다 알고 있다는 듯
시종일관 웃고 있던 낙타는 고개를 돌려 한 곳을 가리키더니
그곳에서 지금 축제가 열리고 있을 거라고 알려줍니다.

"축제를 즐겨보렴. 길 위의 시간들을
너무 심각하게 보내지는 말고."

축제라는 단어에 귀가 솔깃해졌습니다.
"네~, 고마워요."
발걸음을 돌려 인형극 축제가
열린다는 아비뇽 성으로 향했습니다.
벌써부터 마음이 두근거리기 시작하네요.

이런, 놓쳐버린 것 같습니다.

시끌벅적한 축제를 기대하고 왔지만 축제는 이미 다 끝나고
라벤더 추수마저 모두 끝난 모양입니다. 흥겨운 축제를 보지 못한
아쉬움이 쉽게 사라지지 않지만, 너무 마음 두지 않기로 합니다.
여행할 때 계획한 것들이 레고 블록 쌓기처럼 시간에 맞추어
착착 진행될 때도 있지만 그렇지 못한 경우가 더 많은 것은 매정한
사실이지요. 특히 예약해 놓은 기차나 비행기를 놓쳤을 때에는
그 다음 계획들마저 도미노 쓰러지듯 망가져 버리니까요.

계획을 다시 세우고, 또 다시 세우고,
그러다 시간은 또 흐르고….

사실 모든 일이 다 그런 것 같습니다. 시간 속에 나를 잘 조립하여 넣고
완벽한 기억으로 남기는 일은 쉽지 않죠. 무엇이든지 어렵고
그래서 오늘이 얼마나 좋았는지 이곳이 얼마나 아름다운 곳인지
잘 모르고 지나가버립니다. 하지만 나를 위해 용기 내어 준비한
시간들이 또다시 나를 괴롭히는 시간이 되어버리는 건 더더욱 참을 수 없습니다.
그러니 이 상황들이 닥치더라도 너무 마음 두지 않기로 해요.
하루 종일 텅 빈 성 안을 서성이며 그림자 구경을 합니다.
고요함이 나무 그늘처럼 길게 늘어져 갑니다.
저녁이 되니 성 앞 광장에서 거리의 가수가 귀에 익은 샹송을 부르기 시작하네요.
부드러운 노랫소리를 따라 따뜻한 바람이 불기 시작합니다.

저번 주까지 축제를 즐기기 위해
모였던 사람들의 자리가 한바탕 폭풍우가
휩쓸고 지나간 것처럼 조용합니다.
나무그늘 아래서 나도 모르게 잠이 들었다가
뽀드득 뽀드득 눈 밟는 소리에 눈을 떴습니다.
텅 빈 성안에 햇살이 눈처럼 내리고 있습니다.
아무도 밟지 않은 길 위를 천천히 걸어봅니다.

2009. AUG HA

"순간은 기억으로 소유하고,
소유한 기억은 그림으로 영원해진다."

가로수 길을 걷다보면 몇 번이고 뒤를
돌아보게 됩니다. 그러다 그냥 뒤를 돌아
한참을 서있게 되지요. '이 순간이야!'
하는 느낌이 쓰나미처럼 밀려옵니다.
알랭드 보통이라는 작가가 이런 아름다운
순간을 소유하는 방법 중 하나가 사진이라고
말했다는 군요. 음, 나는 이렇게 말하겠습니다.
"순간은 기억으로 소유하고,
소유한 기억은 그림으로 영원해진다."

2009. AUG. 서A

혼자인 내가 심심해질 즈음이면
활짝 열린 창문 사이로 즐거운 노랫소리가 들립니다.
나의 발걸음을 노랫소리에 맞춰 봅니다.
축제가 끝난 이 거리 속에서 혼자만의 축제를 즐기고 있습니다.

"처음 뵙겠습니다~."

아비뇽 주민 여러분께서
성 안의 인형가게 앞으로
전통 의상을 곱게 차려 입고
나오셨습니다. 그분들이
저에게 손짓을 합니다.

어디로 데려가는 걸까요?

시장은 그 어느 관광지보다 볼거리가 많습니다.
그곳 사람들의 생활을 엿볼 수 있는 것은 물론이고요.
'이것들로 내가 만들 수 있는 것이 무엇일까?'
재래시장을 둘러보며 저녁식단을 생각하는 것도 즐거운 고민입니다.
이곳 메인 거리에서 차도를 막고 장이 열렸습니다.
단번에 제 눈을 사로잡는 것은 '색'!
유난히 빨간 토마토, 잘 익은 올리브,
녹색의 야채들과 따뜻한 보라색의 라벤더.
이곳의 부드러우면서 강렬한 햇빛이 시장 곳곳에
고스란히 담겨 있습니다.
자~, 사람들이 무엇을 먹고 쓰는지 구경하러 갈까요?

강한 햇빛 때문에 유난히 색이 선명하네요. 맛있겠다!
이런 재료라면 나도 맛있는 음식을 만들 수 있을 것 같아요.

과일도 아주 달아요. 이곳에
머무는 동안 내내 사먹었던
복숭아는 우리나라의 천도복
숭아와 맛이 비슷해요. 까만 줄이
없는 수박도 달고요, 호기심을 마구
유발시키는 노란색 수박은 좀 더 시원합니
다. 우리나라 약국에서 많이 봤던 푸른을 이렇게
쌓아놓고 팔기도 하네요.

시장의 반 정도를 차지하고 있을 정
도로 올리브는, 파는 사람도 사는
사람도 많습니다. 볕이 강해 올리
브가 많이 자라는 것 같아요. 우리
나라 장아찌처럼 절인 올리브를 파
는데 첫 맛은 짭쪼름, 끝 맛은 고소! 은
근히 중독성이 있습니다.

이곳의 그릇들은 모두 들기 싫을 정도로 두껍고
무겁습니다. 색은 선명한 노란색이나 주황
색 그리고 녹색이 대부분이고 라벤더나
올리브가 그려져 있네요.

이곳의 특산물인 라벤더는 바싹 말린 것부터 살짝 덜 말린 것
까지 다발로 예쁘게 묶어 팔고 있지요. 말린 것을 주머니에
귀엽게 담아 팔기도 해요. 선물용으로 좋을 듯 하지만 주변에
이런 것을 좋아하는 사람이 없는 관계로 그냥 지나치지요.

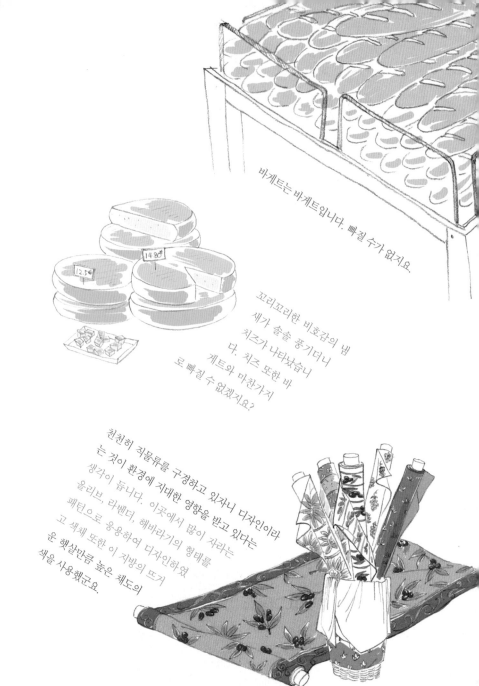

바게트는 바게트입니다. 빠질 수가 없지요.

꼬리꼬리한 비호감의 냄
새가 솔솔 풍기더니
치즈가 나타났습니
다. 치즈 또한 바
게트와 마찬가지
로 빠질 수 없겠지요?

천천히 직물류를 구경하고 있자니 디자인이라
는 것이 환경에 지대한 영향을 받고 있다는
생각이 듭니다. 이곳에서 많이 자라는
올리브, 라벤더, 해바라기의 형태를
패턴으로 응용하여 디자인하였
고 색채 또한 이 지방의 뜨거
운 햇살만큼 높은 채도의
색을 사용했군요.

작은 열매나 과일은
종이 상자에 담아서
파는데 예쁘게 생긴
만큼 맛도 좋습니다.

미라벨이라 부르는
군요. 살구와 자두의
중간 맛이 납니다.

이것들 중 처음 보는
것을 하나 사먹어 볼
까요?

살구인 줄 알았는데
자두라네요.

제일 윗줄 왼쪽에 있
는 노란색 과일 상자
를 하나 사서 입안에
넣어 봅니다.

시장을 나와 골목골목 이어진
길을 한없이 따라가 봅니다.

어느 골목에서 귀여운 환호성이 들려옵니다.
할아버지들이 구슬치기를 합니다. 주먹만 한 쇠구슬을 던져가며
아이처럼 웃고 호들갑스럽게 떠드는 할아버지들이 많이 부러워
조금 밉습니다. 은색 백 원짜리 동전 하나면 세상을 다 가진 것
같았던 적이 있었습니다. 백 원으로 라면 두 봉지를 사서
함께 나눠 먹으며 하루 종일 동네를 휘젓고 다니던 친구들은
자라면서 배우고 익히고 가지게 되는 정도에 따라 멀어져 갔습니다.

백 원으로 세상을 다 가질 수 없는 것처럼
그들을 다시 만난다 해도 이제는 예전 같이
지낼 수 없을 것 같아 마음이 조금 쓸쓸합니다.

따뜻하고 예쁜 집들을 부서지지 않게
스케치북에 살살 옮겨두었다가
돌아가서 아주 큰 그림으로 그려야지!
그리고 그 안에 들어가 사는 거야.

2009. AUG JH

하루 종일 땡볕 아래서 돌아다니느라
고생한 몸을 데리고 호텔 안으로 들어왔습니다.

침대 한 개가 가까스로 들어가 있는 1인실은,
11년 전 재수할 때 살던 고시원과 사뭇 닮았습니다.
창문이 없는 아주 비좁은 1인실

화장실 옆 이상하게 생긴 밧줄을 잡아당겼더니
먼지가 한번 쏟아지고 괴물이 우는 소리를 내며 천정이 열리네요.
별이 아주 조금 보이는 하늘.

빈티지 컨셉의 인테리어 소품 같은 TV를 켜니
평소 마음에 담아두고 보지는 않았던 영화를 하고 있습니다.
세상 다 망한 배경의 영화, 워터월드.

익숙한 것들이 보드라운 밤공기와 섞여 날아다닙니다.

2009. Aug. JA

이 밤을 즐겨볼까요?
달빛이 노래를 합니다.

달이 저물기 시작했습니다.
아쉬움에 걸음을 재촉해 봅니다.
어디선가 봄의 소리가 들려옵니다.

돌아가는 이유

소복소복 내리는 빛을 밟으며 올라보니
나도 모르는 사이 성 밖의 포도농장 입구에 서있습니다.

낮은 언덕을 따라 겹겹이 펼쳐져 있는 포도밭에서
달콤한 향기가 번져옵니다.
탱글탱글 윤기가 도는 포도알들은 지금은 모두
초록빛이지만 시간이 지나면 어떤 것은 진한 보랏빛으로
어떤 것은 투명한 핑크색으로 그렇게 저마다
자신의 빛깔과 향기를 찾아가겠죠?

우리의 소중한 날들을,
오랜 시간을 견뎌 스스로 성숙해가는 와인으로
축복하는 데에는 이유가 있는 것 같습니다.

포도는 원래 스스로 고통을 견디는 운명을 타고 났다고 합니다.
자갈밭에 스스로 뿌리를 내리고 필요한 영양분을 찾으며 거칠게 자라난다고 하네요.
찬란한 태양과 바다의 향기를 머금고 불어오는 바람이 유일한 기쁨입니다.
여행을 시작할 즈음 어느 기차 안에서 며칠 동안 낑낑거리며 들고 다니던
짐의 무게를 반이나 버리면서 그 공간에 새로운 것들을 채워 가면
어떨까 하는 생각을 했더랬습니다. 과감하게 버린 미련덩어리 외에도
여행의 시간이 지날수록 하나하나 사용하고 버리게 될 물건들도 많았으니까요.
그래서 지금 그때보다 가방의 무게가 더 가벼워져 있습니다.
언젠가는 꼭 필요할 거라며 버리기를 주저하던 것들이,
'결국 필요 없는 것' 이라는 사실도 길 위에서 깨닫게 되었습니다.
머물러 있는 곳에선 그것들의 무게를 느끼지 못하기 때문이겠죠.
그 미련덩어리가 차지하고 있는 공간조차도 때론 위안이 되는 탓이겠죠.

진한 보라빛 와인을 한 병 사가야겠습니다.
오늘이를 만난 기념의 건배를 위해
수줍던 스케치북에 한 장 한 장 채워지는
나의 그림들을 축하하기 위해
어느 곳에서든 열릴 나만의 축제를 위해.

정신없이 동그라미를 그리느라 잊고 있던
꿈들이 새록새록 피어날 때마다
나는 건배를 하며 나에게 용기를 줄 것입니다.

그 순간 포도밭 사이로 빨간 무언가가 지나가는 게 보였습니다.

'오늘이다!'

네, 나의 빨간 고래 오늘이입니다. 언젠가 나의 창으로 들어왔을 때처럼
물바람 소리를 내며 허공을 유유히 유영하며 지나갑니다.

오늘이를 찾아 정신없이 뛰었지만, 날개처럼 아름다운 빨간꼬리는
구름 속으로 사라지고 말았습니다.

'어디 있지? 분명 보았는데….'

정신없이 찾아 뛰어오다 보니 이곳이 어디인지 모르겠습니다.

시간이 얼마나 지났는지도 모르겠습니다.

'여기가 어디지? 얼마나 온 거지?'

순간 겁이 나서 왔던 길을 되돌아 포도밭을 나가려고 했지만,
내가 들어왔던 포도밭 입구를 찾을 수가 없습니다.

길을 잃은 걸까요?
가방을 뒤적거려보니 시장에서 샀던 바게트는 이제 반쪽밖에 남지 않았고
물도 거의 다 떨어져 갑니다. 종일 땡볕을 걸었더니 서 있는 것조차 힘듭니다.
이런 곳에 오늘이가 있을 리가 없는데, 난 대체 무엇을 본 걸까요?
바게트를 씹을 때마다 더위도 함께 씹히는 듯합니다.

'처음부터 너를 만나지 않았더라면
이렇게 힘들지도 않았을 텐데.'

왜 행복했던 순간들은 짧은 건지,
왜 나는 변했었는지….
어쩌면 내가 나의 일들에 정신이 팔려
그에게 무심해지기 시작했을 때 우리의 관계는
끝나 버린 것이었는지도 모르겠습니다.
단지 내가 그 사실을 인정하고 싶지 않아
이렇게 미련스레 헤매고 다니는 건지도.
모든 순간들이 그저 꿈처럼 사라지는 것 같아
눈이 시려서 나도 모르게 눈을 감아 버립니다.
'처음부터 너를 만나지 않았더라면
이렇게 힘들지도 않았을 텐데.'

다시 길을 걷기 시작했습니다.
길이 거미줄처럼 연결되어 끝이 보이지 않아 힘겹습니다.
이제 나는 무엇을 위해 어디로 가야 하는 걸까요?

용기 있던 나는 잠깐의 희망고문에
주저앉아 버리고 말았습니다.

길에서 만난 사람의 차를 얻어 타고
비가 내리는 바닷가 마을로 들어왔습니다.
떠나가는 배도 찾아오는 배도 없습니다.
모두 푸르스름한 공기 속에서 작은 불빛을 밝히고
비가 그치기만 기다리고 있을 뿐입니다.

"빗소리에 묻혀 모든 것들이
조용히 흘러가 버렸으면 좋겠어."

비를 피하기 위해 들어온 성당 안은 새벽이 되자
스테인드글라스를 통해 빛이 들어오기 시작합니다.
시간이 지날수록 그 빛이 더욱 선명해집니다.
빨간색, 파란색, 노란색.
스테인드글라스에 비친 여러 가지 색들은
마치 깜깜한 내 마음속에 있는 감정들이
햇살에 비춰 드러난 것처럼 보입니다.

놓아주어야 하는 과거에 대한 미련.
꿈을 다시 기억하려는 새로운 용기에 대한 기대감.
그럼에도 불투명한 미래에 대한 두려움.

어젯밤 이렇게 멋진 곳에서 잠을 잔 것이군요?
성당을 나와 아침 햇살에 비친 외관을
천천히 구경하며 감탄을 합니다.
성당 모퉁이에 서있는 다정한 모녀를 만났습니다.
모퉁이에 붙어있는 부엉이 조각상에
손을 대고 소원을 빌면 이루어진다고 하네요.
얼마나 많은 사람들이 만졌는지 부엉이는 이제
얼굴이 없고 반질반질한 덩어리가 되어버렸습니다.
나도 한번 만져 볼까요? 그런데 무엇을 빌어야 할까요?

되돌아가는 길을,
다시 새로운 나를 만나는 길을,
오늘이를 찾는 길을 알려달라고?

무언가를
얻어야 한다고 애쓰지 않아도
길 위에서는 무언가를 얻게 되는 것 같습니다.

무언가를
찾아야 한다고 애쓰지 않아도

무언가를
버려야 한다고 애쓰지 않아도
길 위에서는 자연스럽게 그렇게 되는 것 같습니다.

밤이 되니 바다는 세상에서 가장 어둡고 무서운 흑색을 나에게 보여줍니다.
닥치는 대로 모든 것을 집어 삼키고 거친 숨소리를 내뱉는 성난 짐승처럼
바다는 세상의 모든 빛을 삼키고 거친 파도 소리를 내고 있습니다.
그리고 파도가 점점 더 거세어질 때 바다 건너편에 있는
성에서 예쁘고 작은 불빛이 하나씩 피어오르기 시작했습니다.
그 작은 빛이 아름다운 이유는 나의 마음이
어둡고 황량한 바다이기 때문은 아닐까요?
지금 두 발로 서있는 이곳이 눈이 부시도록 반짝거리는
햇살이 있는 포근한 바다였다면 나는 작은 빛을 찾을 수 없었겠죠?

"내 마음속에 잠들어 있던 성에서
빛나는 작은 빛에 희망을 걸기로 해."

이제 내 자리로 돌아가야겠어요.
그리고 내 마음속 깊은 곳에 숨어 있는
나의 작은 빛이 큰 빛이 될 때까지 나를 많이 사랑하겠어요.

돌아가는 일에 있어 큰 결심을 하지 않아도 되요.
무언가를 꼭 찾지 못했어도 괜찮아요.
돌아가는 이유가 그저 심심하기 때문이어도 상관없어요.
변화는 우리가 눈치채지 못하더라도 존재하니까요.

천천히 숨을 크게 들이쉬고 더 천천히 내뱉기로 해요.

그래도 괜찮아.

그 순간 행복이 찾아온다

'이번 휴가는 어떻게 보낼까?'

매일 아침마다 집 앞 슈퍼에서 흰 우유를 사다 한번쯤은 딸기우유를 사먹듯, 이번 휴가는 지난번보다는 조금 더 달콤하게 보내고 싶었다. 그래서 '내가 가보지 않았던 다른 지방에서 며칠 놀다 올까?' 하는 생각으로 인터넷을 뒤적거리다 누군가의 홈페이지에서 제주도의 야자나무 사진을 보게 되었다. 그리고 사진 밑에 '꼭 외국 같아요.' 라는 글 한 줄에 마음이 제주도 앞바다처럼 출렁출렁 흔들리기 시작했다.

확인해 보고 싶었다. 대체 외국 같다는 말이 어떤 느낌인지 말이다. 그래서 나는 제주도 여행을 준비하기 시작했다. 어떤 볼거리들이 있는지, 어디서 자야 하는지 그리고 어떻게 가야 하는지 등 이것저것 자료를 모으고 제주도로 가는 항공권을 알아보다가 흥미로운 사실을 하나 발견하게 되었다. 약간의 돈과 시간만 보태면 외국 같은 곳이 아닌 진짜 외국에 나갈 수 있다는 것!

일본의 도쿄가 그때 내게 그런 곳이었다. 인천에서 도쿄까지의 비행시간은 2시간 정도였고, 항공권이나 숙박 등의 비용도 제주도와 별반 차이가 없었다. 그렇게 해서 가게 된 나의 첫 외국, 2003년 여름의 도쿄 하라주쿠는 매우 충격적인 세상이었다. 가지런히 눈썹을 다듬고 파운데이션으로 얼굴을 곱게 덮은 남자들, 각자 집에서 직

접 만들어 입고 나온 듯한 패션, 신체 어디에 달아야 하는지 알 수 없는 액세서리를 늘어놓고 파는 가게들.

한참을 돌아다니다 털이 귀부분에만 보송보송 난 모자를 하나 샀는데 이듬해 이대 앞 옷가게에서 그 모자와 비슷하게 생긴 것을 발견했다. 그 옷가게 앞에서 혼자 키득 거리며 하라주쿠 거리를 떠올렸고, '다시한번 가고 싶다' 는 생각을 했다. 그때 누군 가 내게 와서 여행이 무엇이냐고 물었다면 아마 나는 "여행은 추억 만들기"라고 대답 했을 것이다.

이것이 나의 첫 번째 여행이다. 이후 휴가 때가 되면 틈틈이 가까운 중국이나 홍콩 에 가서 새로운 재미를 느끼고 돌아오곤 했고, 그 색다른 공간은 반복되는 일상에서 기계처럼 무뎌져가고 있던 나의 마음을 조금씩 조금씩 흔들어 깨워주었다.

2006년, 진작 그만두어야 했던 직장생활을 접고 프리랜서로 일러스트레이터 일을 시작했다. 하지만 그림 그리는 일은 생각보다 쉽지 않았다. 손이 움직이기 전에 머리 로 '무엇을 어떻게 그릴까?' 라는 생각을 하기 시작하면 내가 무엇을 좋아하고 무엇 을 원하는지에 대한 물음으로 이어지고 또 이것은 내가 왜 사는지에 대한 답이 없는

물음으로 이어져 시작조차 하지 못하고 늘 텅 빈 종이 앞에서 지쳐버리기 일쑤였다.

직장생활을 하며 벌어놓은 돈도 슬슬 바닥나기 시작할 즈음 앞으로 어떻게 살아야 할지 막막해졌다. 답답한 마음에 소박한 통장을 탈탈 털어 지중해의 그리스라는 나라로 여행을 떠났다. 눈이 시릴 정도로 파란, 아주 파란 바다가 눈앞에서 끝도 없이 흐르는데 수년 동안 변함없이 파랗게 흐르던 바다가 모든 것을 다 알고 있다는 듯 지친 나를 포근하게 위로해주는 느낌을 받았다. 그리고 이런 느낌을 내 머리와 마음이 잊기 전에 그림으로 남기기로 했다. 잘 그려 놓았다가 내 삶이 힘들어 질 때 가끔 꺼내어 보고 싶었기 때문이다. 마치 특별했던 순간들을 사진으로 찍어 추억의 앨범을 만들어 놓듯이.

그리스를 다녀온 이후 나는 직장생활을 할 때 짧은 꿈을 꾸듯 다니는 여행이 아닌 그림 작업을 위한 여행을 떠나기 시작했다. 일을 하면서 모은 돈으로 길게 여행을 다니며 나에게 평안을 주는 이국적인 배경을 주로 그렸고, 그렇게 한 해 한 해가 지날수록 나의 스케치북에는 소중한 기억들이 차곡차곡 쌓여갔다.

'여행의 목적지가 꼭 외국이어야 하니?' 라는 질문에 나는 망설임 없이 '예' 라고 대답한다. 물론 그림을 위해 이국적인 배경을 찾아 떠나는 이유도 있지만, 그 새로운 공기는 어느 순간 무방비로 놓여있던 나의 마음을 열게 하고 돌아와서 나의 일상조차 새롭고 아름답게 보도록 만들어 버린다. 반복적인 일상 속에 지쳐 나를 행복하게 해주는 것들을 보지 못했던 내가, 머리도 마음도 모두 굳어져버렸던 내가 낯선 곳에 홀로 놓이면 그 소중함을 깨닫게 된다는 사실이 아이러니이긴 하지만 말이다.

  '빨간고래'는 내게 행복을 주는 그 무언가다. 그리고 빨간고래는 모두에게 존재한다. 누군가에게 빨간고래는 기분 좋은 가을햇살이나 포근한 봄바람일 수도 있고, 나 자신일 수도 있다. 또는 사랑하는 사람일 수도 있다. 소녀가 멀리 여행을 떠나 빨간고래를 찾아 다녔지만 어쩌면 빨간고래는 항상 소녀 주변에서 두둥실 떠다니고 있었는지도 모른다. 나 또한 새롭고 이국적인 풍경에 매료되어 여행을 다녔지만 그 안에서 느끼고 싶었던 감정은 일상에서 항상 갈구하던 따뜻한 위로가 아니었나한다. 프로방스에서는 이름 모를 들풀을 그리면서 나도 들풀처럼 여기저기서 자유롭게 피어나고 싶었고, 유럽의 어두침침한 거리에서는 따뜻한 햇살을 찾아다녔는데, 사람의 눈은 항상 자신이 보고 싶은 것을 보기 마련이다. '결국 행복은 내 안에 있고, 마음먹기에 따라 세상이 아름다워 보이기도 하고 어두워 보이기도 한다.' 라는 초등학생 꼬

마조차도 다 아는 진리. 매번 떠나고 돌아오는 길에 나는 이 한 가지 소중한 사실을
다시금 깨닫는다. 이미 알았는데 다시 잊어버리고 헛헛한 마음을 안고 떠나 다시 같
은 사실을 깨닫고 돌아오는 바보 같은 반복을 수차례 하고 있지만 하나의 사실은 매
번 일상으로 돌아오는 내게 같은 약효를 발휘해주는 것 같다.

　지금 일상에 지쳐 깊은 한숨을 쉬고 있다면, 이곳에서 행복을 찾을 수 없다면 이곳
이 아닌 먼 곳에서 찾아봐도 될 것이다. 용기를 내어 행복을 찾으러 떠난다고 마음먹
은 순간부터 행복은 곁에 있을 테니까. 여러분들의 빨간 고래가 무럭무럭 자라길 바
라며.

2010년 3월 정아

Travel
note

India
Italia
Vatican city
Greece
France

Imdia

알면 알수록 새로운 모습들이 보이는
그야말로 양파 같은 매력이 있는 나라

인도의 매력은 '인도 땅에 발을 내려놓는 순간 무슨 일이 일어날지 아무도 모른다.'는 데 있다. 인도에 도착해서 보낸 첫 번째 일주일은 '지옥순례'를 하고 있는 듯한 착각이 들 정도로 힘들었다. 거리 곳곳은 거지들과 소의 오물로 가득 차 있었고 만나는 사람들은 모두 사기꾼들이었다. 그러나 시간이 지날수록 이런 것들에 적응이 되면서 그 이면에 있는 인도의 다른 모습이 보이기 시작했다. 유럽 전체와 맞먹는 넓은 땅덩어리와 문명의 발생지가 있을 정도로 오래된 역사를 가진 곳에서는 생각지도 못했던 일들이 벌어지고 있었던 것이다.

지금 내가 인도에서 겪었던 일들을 무협소설을 읽어주듯 말해준다면 '겨우 이 정도로? 인도에는 별별 일이 더 있어!'라고 말하고 싶은 사람들이 분명 있을 것이다. 같은 지역을 다녀왔더라도 다르게 이야기할 수 있고, 알면 알수록 새로운 모습들이 보이는 그야말로 양파 같은 매력이 있는 나라가 바로 인도이다.

내가 경험해보지 못한 그들만의 세상도 있다

몇 해 전 인도를 다녀온 한 친구를 만났다. 그녀가 몇년 전 영국에서 어학연수를 하는 동안 인도 친구를 사귀게 되었는데 그 친구를 따라 인도에 다녀왔다는 것이다. 재미있게도 그녀가 다녀온 인도는 정말이지 내가 다녀온 인도와는 너무도 다른 곳이었다. 그녀가 머물던 집 정원에는 화려한 꼬리를 펼친 공작새가 뛰놀았고, 마음 놓고 먹을 수 있는 인도 음식이 날마다 그녀의 혀끝을 행복하게 해주었다고 한다. 또 사기꾼은 단 한명도 만나보지 못했다는 것이다.

그녀가 만난 친구는 카스트 계급 중에서도 상류층에 속하는 브라만이었는데 브라만 중에서도 굉장히 부유한 집의 자제분이었던 것이다. 길거리에는 굶어 죽어가는 거지들이 줄을 지어 서있지만 내가 보지 못한 상류층의 사회는 또 다른 인도의 모습이었다. 현재 카스트 제도가 법적으로 금지되어 있다고는 하지만 인도의 빈부 차이와 계급의 차별은 쉽게 없어질 것 같지 않다.

지금이라도 미안해

인도의 거지는 돈을 받아도 고맙다는 인사를 하지 않는다. 오히려 액수가 적으면 화를 내기 일쑤다. 또 돈이 없다고 하면 입고 있는 옷이라도 벗어달라고 하기도 한다. 인간이라면 가난한 이들에게 측은한 마음이 드는 것이 당연지사지만 나에게 인도거지는 굶주린 늑대와도 같이 무섭기만 한 존재였다.

특히 일찍이 거지의 길로 들어선 아이들이 있는데 몸은 10살도 안된 어린 아이지만 눈빛은 세파에 시달린 40대 아저씨와 같았다. 그땐 이런 아이들이 무서워 피해 다녔는데, 이들에게 냉소적이었던 그 시간들이 지금 많이 미안하다.

소들에게도 신분차별이

인도에 도착하자마자 무의식중에 찾았던 것은 '소' 였다. 정말 거리에 소가 돌아다
니는지 인도사람들은 소를 신성시하는지 나는 그것이 그토록 궁금했고, 솔직히 그
런 모습을 기대했었다. 그러나 실망스럽게도 사람들이 거리에 지나가는 소를 보고
절을 하는 일 따위는 목격할 수 없었다. 경배의 대상이 되는 소는 따로 있고 축제
때나 그 모습을 나타낸다고 한다.

인도 거리에 있는 소들은 동네 개 마냥 어슬렁거리며 쓰레기를 주워 먹고 살고 있
었다. 성우 숭배문화가 남아 있어 거리의 소를 잡아먹는 일은 없지만 그렇다고 소
에게 직접 먹이를 주거나 보살펴주는 일 역시 없었다.

그래도 인도가 사랑스러운 이유

넓은 인도를 횡단하다 보면 북쪽과 남쪽의 기후가 차이가 난다는 것을 알 수 있다. 그래서 사람들의 성격, 음식, 문화 등 생활 모습이 마치 서로 다른 나라 같다. 또 인도에서는 각 지역마다 사용하는 방언까지 모두 합하면 700개가 넘는 언어가 사용되고 있다. 쭉 연결되어 있는 유럽의 나라들을 하나하나 여행을 하다보면 각 나라마다의 특색에 신선한 재미를 느끼게 되듯 인도 역시 여러 나라들이 모여 있는 것처럼 흥미롭고 늘 새롭다.

Information Tip

📖 비자 얻는 방법

인도는 비자가 있어야 갈 수 있는 나라이다. 우리나라에서는 '티티 서비스 코리아 ㈜'에서 비자서비스를 하고 있다. 2010년 1월 5일부터 3개월 유효기간의 관광비자를 발급받을 수 있으며, 그 이상의 기간 동안 체류하고자 한다면 별도로 인터뷰를 해서 비자를 발급받아야 한다. 비자는 싱글Single, 더블Double, 트리플Triple 이렇게 세 가지 종류가 있다. 그러니 인도만 여행을 하고 돌아올 것인지 주변 국가들도 경유할 것인지 등을 잘 고려해서 비자를 신청하면 편리하다.

> **예시**
>
> Single : 인천-인도-인천
> Double : 인천-인도-네팔-인도-인천
> Triple : 인천-인도-네팔-인도-스리랑카-인도-인천

모든 정보는 홈페이지를 통해 자세하게 알 수 있다.(www.ttservices.co.kr)

▶ 비자요금

경유비자	32,000원(15일 단수, 72시간 체류가능)
관광비자	3개월~6개월 : 65,000원(단수, 복수. 한 회당 90일 체류가능) 6개월~1년 : 105,000원(복수, 한 회당 90일 체류할 수 있으며 90일이 지난 후에는 재입국을 해야 한다.) 1년 : 210,000원
기타 비자 (취업비자, 상용비자, 동반비자, 연구비자, 언론인비자 등)	1개월~6개월 복수 : 128,000원 1년 복수 : 92,000원 1년~5년 복수 : 320,000원
학생비자	120,000원
재발급비자	8,000원(새 여권에 비자 이전 적용)

인도의 교통 ─────────────────────

기차 인도 전역을 연결하고 있는 기차는 장거리 여행자들에게 매우 중요한 교통 수단이다. 기차 시간은 타임 테이블이 있지만 정확하지는 않다. 한 두 시간은 보통 이고 그 이상 연착되는 경우가 많다. 게다가 기차 내에서 안내 방송을 하지 않기 때문 에 종착역까지 가는 경우가 아니라면 내려야 할 역을 반드시 확인하고 내려야 한다.

▶기차표 예약 방법

인도에서 기차표를 예약하려면 기차역에 직접 가서 구입해야 한다. 대부분의 역에 외국인 전용 창구나 외국인 전용센터가 따로 있다(델리의 경우 뉴델리스테이션 2 층에 외국인 전용센터가 있다). 기차역에 있는 예매창구에 가면 예매 양식용지가 있으니 양식에 맞추어 이름, 여권번호, 나이, 목적지, 원하는 날짜 등을 적은 후 창 구에 제출하여 표를 예매하면 된다. 가끔 환전영수증을 요구하기도 한다. 인도에는 위조지폐 범죄가 빈번하기 때문에 환전영수증을 요구하는 곳이 있으므로 환전 후 영수증을 꼭 챙기도록 하자.

▶기차의 등급

여러 등급이 있다. 대부분 장거리 배낭여행자자들은 SL을 이용한다. 한쪽 벽에 3층 으로 침대를 붙여 놓았는데 맨 윗칸이 가장 안전하다.

1A(First class Air Conditioner) : 특등 칸.

2A(2 tier Air Conditioner sleeper) : 에어컨과 두 칸의 침대가 제공된다.

3A(3 tier Air Conditioner sleeper) : 에어컨과 세 칸의 침대가 제공된다.

FC(First Class) : 에어컨은 없고 별도의 출입문이 있다.

CC(Air Conditioner Chair Car) : 에어컨이 나오며 푹신한 의자가 있다.

SL(Sleeper Class) : 침대가 제공되는 일반적인 기차

II(Second Class Seat) : 아주 딱딱한 의자가 제공되는 기차이며 좌석이 정해져 있 지 않아 자리 경쟁이 심하다.

릭샤 인도나 동남아시아에서 흔히 볼 수 있는 수단으로 원래는 수레를 사람이 직접 끄는 인력거인데 지금은 사람이 끄는 인력거는 대부분 사라졌다. 사람 대신 오토바이가 끄는 '오토릭샤', 자전거가 끄는 '사이클릭샤'가 대부분이다. 장거리는 오토릭샤를 이용하고 단거리는 사이클릭샤를 이용하여 이동하면 편리하다. 릭샤를 이용할 때 주의할 점은 릭샤꾼의 99%가 사기꾼이라는 사실이다. 그러니 릭샤를 타기 전 반드시 가격을 흥정하고 타야한다. 또 엉뚱한 곳에 내려주거나 목적지까지 잘 왔더라도 돈을 더 달라고 뻔뻔하게 말하는 경우도 빈번하니 정신을 바짝 차리자.

 ## 잘 곳 정하기! 숙소 예약하기 ─────────

인도는 숙소를 예약하기가 힘든 곳이다. 기차 시간이 정확하지 않아 제 날짜에 도착하지 못하는 경우가 많기 때문이다. 하지만 영어로 의사소통이 가능하고 여행자들을 위한 숙소가 많아 현지에서 직접 구하기는 어렵지 않은 편이다. 여행 전문 정보 책자에 나온 숙소를 찾아보는 것도 나쁘지 않다. 단 인도에 처음 입국하는 날에 머물 곳은 예약을 하는 것이 좋다. 인도로 들어가는 비행기는 대부분 밤에 떨어지기 때문에 숙소 구하기가 힘들 것이다.

▶ 예약사이트

www.hosteltimes.com

India
Index

p.70 고아 Goa
모든 바다가 그렇지만, 이곳의 석양 역시 슬프도록 아름답다.

p.72 고아 Goa
힌두 경전인 푸라나에서 지금의 고아를 '바푸리' 또는 '고베'라 불렀다고 한다. 낙원을 뜻하는 말이다. 키가 큰 야자나무수가 있는 길을 따라 걸으면 그야말로 낙원에 온 것 같은 기분이 든다.

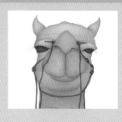

p.174 자이살메르 Jaisalmer
낙타를 타고 하루 이틀 정도 사막을 여행하는 사파리에서 만난 낙타. 이름은 카주.

Italia

볼거리가 많아 무엇부터 봐야 할지 여행자들을
행복한 고민에 빠지게 하는 나라

이탈리아

이탈리아는 볼거리가 많아 무엇부터 봐야 할지 여행자들을 행복한 고민에 빠지게 하는 나라이다. 로마는 도시 전체가 유적지이고, 피렌체는 거리에 예술인으로 가득 차 있다. 또 베네치아는 바닷물 위에 세워진 건물 사이사이로 오래된 아름다움이 흐른다. 가는 곳마다 아름다운 예술이 뚝뚝 묻어나는 곳, 이탈리아. 이탈리아를 한 마디로 정열적인 예술의 나라라고 말하고 싶다.

거리에서 그림을 그리거나 악기를 연주하는 모습을 어디서든 흔히 볼 수 있었다. 그래서 길거리에서 노래 소리를 들으며 그림을 그리거나 퍼포먼스를 하는 사람들을 구경하는 것만으로도 매우 낭만적인 시간을 보낼 수 있다.

도시뿐만 아니라 이탈리아 남부와 외각의 한적한 지역들 모두 너무도 아름답다. 남부나 외각 지역으로 나가면 자연을 접할 수 있는데 자연 그 자체가 이 나라 사람들이 만들어낸 예술 못지않게 예술이다. 어쩌면 이런 자연 속에서 터전을 마련하고 살아왔기 때문에 아름다운 예술이 발전할 수 있었던 게 아닐까 싶다.

피자 & 파스타!

피자와 파스타를 만든 이탈리아인들을 천재라고 말하고 싶다. 이탈리아의 오리지 날 피자와 파스타는 특별한 재료가 들어간 것도 아닌데 특별하고 깊은 맛이 난다. 아마 재료 자체를 이탈리아 땅에서 나는 것으로 사용했기 때문에 어느 곳에서도 이 맛을 흉내내지 못하는 것이 아닐까. 또 거리 곳곳에서 파는 젤라또 역시 유명한 먹 거리이다. 종류도 다양하고 이탈리아의 날씨와도 잘 어울리는 아이스크림인 젤라 또는 반드시 먹어볼 것을 권한다.

과거가 주는 선물

로마의 지하철은 노선이 달랑 두 개이다. 지하철 공사를 위해 땅을 파면 아직도 유 적물이 쏟아져 나오기 때문에 쉽게 공사를 할 수 없다고 한다. 그만큼 도시 전체가 유적지라 할 수 있다.

지도 한 장 들고 로마 곳곳에 있는 유적지를 찾아다니다보면 마치 보물을 찾는 탐 험가가 된 기분이다. 지도를 보고 하나씩 찾아낼 때마다 발견하게 되는 멋진 조각 물이나 건축물이 아주 옛날에 만들어진 거대한 보석상자와도 같기 때문이다. 로마 뿐만 아니라 피렌체, 밀라노 등 영화에서 자주 보았던 유적지들도 만날 수 있다.

물의 도시 베네치아

바다 한가운데 세워져 있는 도시 베네치아. 오래되고 고풍스러운 유럽의 건물이 바 닷물에 비쳐진 풍경을 보고 있으면 물 아래에 다른 세상이 있는 것은 아닐까 하는 생각이 들어 신비롭기만 하다. 또 수로를 따라 둥둥 떠다니는 곤돌라(작은 배)에서 노를 젓는 사공들이 부르는 '산타루치아' 라는 민요가 건물에 울려 퍼질 때면 감동 이 벅차올라 박수라도 치고 싶어진다.

끝없이 아름다움이 이어지는 남부 해안

나폴리에서 살레르노까지 이어지는 이탈리아의 남부 해안은 눈이 쏙 빠질 정도로 아름다운 해안이다. 나폴리를 시작으로 소렌토, 포지따노, 아말피, 살레르노를 따라 여행하다보면 '이탈리아의 예술 수준이 높은 것은 다 이유가 있구나' 라는 생각이 든다. 보석만큼 아름다운 자연 속에서 삶의 터전을 만들고 그 자연과 닮은 문화를 만들었기 때문이라고 생각한다. 이탈리아만의 매력을 느끼고 싶다면 이탈리아 남부 해안을 가볼 것을 적극 추천한다.

교통수단으로는 사철과 버스가 있다. 나폴리에서 소렌토까지는 지방철도를 이용하여 1시간 정도 걸쳐 이동할 수 있다. 가는 길 중간에 폼페이도 지나치게 된다. 소렌토에서부터 살레르노까지는 SITA버스를 이용하여 이동할 수 있다. 또 살레르노에서 나폴리까지는 기차로 50분 정도 걸린다.

이탈리아의 교통 ─────────

기차 이탈리아에서 도시를 이동할 때에는 기차를 이용하는데 요금이나 속도에 따라 여러 종류의 기차가 있다. 가격과 시간 차이가 많이 나기 때문에 자신에게 맞는 기차를 선택해 볼 필요가 있다. 가격과 시간표는 트렌이탈리아 사이트를 통해 조회해 볼 수 있다.(www.ferroviedellostato.it)

▶ 이탈리아 기차의 종류

- Eurocity(EC) 유로시티 : 이탈리아와 유럽의 주요 도시를 빠르게 연결해 주는 특급열차.
- Euronight(EN) 유로나이트 : 유로시티의 야간열차.
- Frecciarossa(AV) 프레차로사 : 이탈리아의 각 도시를 지나는 초고속 열차.
- Eurostar(ES) 유로스타 : 밀라노, 베네치아, 피렌체, 로마, 나폴리와 같은 주요 관광도시를 지나는 고속 열차.
- Intercity(IC-plus) 인터시티 : 주요 도시를 묶는 특급 열차.
- Espresso(E) 에스프레소 : 급행열차.
- Diretto 티렉토 : 일반적인 열차.
- Regionale(R) 레조날레 : 가장 싸고 느린 기차로 모든 역마다 정차하는 로컬열차이다. 기차표를 사면 시간과 자리가 표시되어 있지 않다. 역에서 시간표를 확인해야 하며 자리는 자유석이다. 유레일 패스 이용자의 경우 예약을 따로 하지 않아도 된다.

▶ 기차 예약 사이트

www.ferroviedellostato.it

잘 곳 정하기! 숙소 예약하기 ─────────────

이탈리아는 전 세계에서 사람들이 몰려오는 관광의 나라인 만큼 성수기에는 반드시 숙박을 예약해야 한다. 특히 5월 말에서 9월 초 그리고 11월 말에서 1월 중순 사이가 성수기이므로 예약을 하기 바란다.

▶숙박예약 사이트

www.hosteltimes.com
www.hostelworld.com
www.booking.com

* 밀라노 추천숙박

- Postello(포스텔로) postello.realityhacking.org

* 피렌체 추천 숙박

- hotel balcony(호텔 발코니) www.hotelbalcony.com
- Ostello Archi Rossi(아르키 로씨) www.hostelarchirossi.com

* 베네치아 추천 숙박

- Casa gerotto calderan(카사제로또 칼드렌) www.casagerottocalderan.com

* 친퀘테레 추천 숙박

- Mar-mar Hostel(마마호스텔) www.5terre-marmar.com

* 로마 추천 숙박

- Stargate Hostel(스타게이트 호스텔) www.hostelstargate.com
- The beehive hostel(비하이브 호스텔) www.the-beehive.com

- hotelMoscatello.it (호텔 모스카텔로) www.booking.com

* 아씨시 추천 숙박

- San francesco 수녀원(성 프란체스코 수녀원) +39-076-815-5233
- Osteio dell la pace(공식 유스 호스텔) +39-075- 816767

* 오르비에또 추천 숙박

- Casa Selita(까사 셀리따) www.casaselita.com

* 살레르노 추천 숙박

- Ave Gratia Plena Minor(공식 유스호스텔) www.ostellodisalerno.it

* 포지따노 추천 숙박

- Hotel Villa Franca(빌라 프란카 호텔) www.villafrancahotel.it

Italia
Index

p.117 부라노 Burano
베네치아에서 9km 정도 떨어진 곳에 위치하는 섬으로 건물 벽색깔이 크레파스로 칠한 듯 알록달록하여 귀엽고 예쁘다. 수작업 레이스 공예가 특산물이어서 예쁜 레이스를 구경하는 재미도 쏠쏠하다. 베네치아에서 부라노로 직접 가는 바포레토는 없으며, 무라노 섬에서 갈아타야 한다.

p.118 로마 Roma, 나보나 광장 Piazza Navona
광장 앞 거리의 화가. 오늘은 몇 장의 그림을 팔았을까?

p.120 피렌체 Firenze
우피치 미술관 앞 거리의 행위 예술가. 조각상처럼 가만히 있다가 앞에 동전을 넣어주면 움직이듯 서서히 포즈를 바꾼다. 예술을 표현하는 방법은 다양하다.

p.121 피렌체 Firenze
어느 곳에서든 거리의 화가들을 만나게 된다. 사람이 많은 길거리 한가운데 자리 잡고 앉아 그것도 바닥에 파스텔로 그림을 그리던 그녀. 그 당당한 용기는 어디서 나는 걸까?

p.124 베네치아 Venezia
이곳에서는 종종 길을 잃어버린다. 미로 같은 골목과 끝없이 이어진 수로로 인해 지도가 있어도 길을 찾기란 너무 어렵다. 거리 곳곳에 있는 '리알토 다리', '산타루치아 역'과 같은 큰 지명의 방향 표지판을 참고하여 이동하거나 수상버스 정류장으로 위치를 파악하여 길을 찾는 수밖에 없다.

Vaticam city

아무나 들어갈 수 없는 세상에서 가장 작은 나라

세상에서 가장 작은 나라! 아무나 들어갈 수 없는 곳! 바티칸이다.

로마 안에 있는 바티칸 시국은 나라라기보다는 로마 안에 있는 또 다른 마을 같다. 그러나 바티칸 시국은 아무나 들어갈 수 없는 곳이다. 국가에서 승인을 한 성직자만 들어갈 수 있을 뿐, 일반인들에게 허용된 곳은 바티칸 궁전, 시스티나 예배당, 성 베드로 성당, 성 베드로 광장이 전부다. 바티칸 궁전은 박물관이라 할 정도로 많은 작품들이 있는 곳이고 시스티나 예배당에는 그 유명한 '천지창조' 와 '최후의 심판' 이 그려져 있다. 베드로 성당에는 피에타를 비롯해 살아 움직일 것만 같은 조각상들이 조용히 잠들어 있다. 이런 바티칸을 둘러보다 보면 다른 나라에 왔다기보다는 커다란 박물관에 들어와 있는 느낌이 든다.

조각 작품은 소름끼칠 정도로 정교하다. 정말 사람이 만든 것일까 하는 의구심마저 드는데 일러스트 분야에서도 이탈리아 작가들의 작품이 눈에 띄게 정교한 것을 보면 이탈리아 사람들의 성향이 아닐까 한다.

Information Tip

바티칸 시국은 로마 북서부 쪽에 위치하고 있으며 로마 시내의 버스나 지하철을 이용해 갈 수 있다. 입구는 바티칸 박물관의 외벽에 나 있는데 이곳에 여행자들이 수도 없이 몰려오기 때문에 개관 전부터 외벽을 타고 긴 줄이 형성되어 있다. 그러니 가능한 아침 일찍 서둘러야 한다.

🚌 교통

BUS : 버스 64번이 테르미니 역에서 구시가를 지나 바티칸까지 운행하고 있다.

지하철 : 지하철 A선을 타고 오타비아노Ottaviano에서 내려 좌측으로 10분 정도 도보하면 바티칸 시국의 갈색 담벼락이 나타난다.

🔲 개관시간 / 휴관일

08:45~16:00(겨울에는 13시까지), 일요일과 공휴일 휴관.

매월 마지막 일요일은 무료 입장이며, 오전 9시에 개관하고 12시 30분에 폐관한다.

휴관일은 매주 일요일 / 1월 1일, 6일 / 2월 11일 / 3월 19일 / 4월 4일, 5일 / 5월 1일 / 6월 29일 / 8월 14일 / 11월1일 / 12월 8일, 25일, 26일 이다.

💲 입장료

일반 요금은 15유로이고, 만 26세 이하 국제학생증 소지자에 한하여 8유로이다.

👕 복장

남녀 모두 긴바지를 입어야 하니 주의하자. 여성의 경우 무릎을 덮는 스커트나 7부 바지는 허용된다. 상의는 민소매 옷은 허용되지 않으므로 어깨를 덮는 옷을 입어야 하며 신발도 슬리퍼는 허용되지 않는다. 단 샌들의 경우 뒤꿈치에 끈이 있어 끌리지 않는 것이라면 괜찮다. 또한 큰 여행용 배낭이나 캐리어는 안으로 가지고 들어갈 수 없다.

Greece

신화 속 주인공들을 만날 것 같은
신비하고 아름다운 나라

그리스는 내가 오래전부터 꿈꿔왔던 여행지 중 하나다. 파란 바다 위에 떠있는 하얀 마을은 그야말로 그림 같아 내 스케치북에 담고 싶은 욕망이 마음 한 구석에 늘 자리하고 있었고, 직장을 그만둔 후 나는 첫 여행지로 그리스를 주저 없이 선택했다. 사실 그리스는 남자친구가 생기면 함께 가고 싶었던 곳이다. '그리스' 라는 단어를 떠올릴 때 '낭만' 이라는 단어가 자동적으로 함께 떠올려졌기 때문이다. 한 사람은 유럽에서 그리고 한 사람은 터키에서 각자 여행을 한 후 파란 바다가 펼쳐진 그리스 해변에서 낭만적인 재회를 해 같이 그리스를 여행하면 얼마나 멋질까? 하지만 그런 낭만을 함께 나눌 멋쟁이는 쉬이 나타나지 않았고 성격 급한 나는 더 이상 기다리지 못하고 혼자 비행기에 올라탔다. 파란 바다에 하얀 집들이 옹기종기 모여 있는 섬마을. 올림픽을 처음 만든 나라. 악법도 법이다' 는 말을 남긴 소크라테스의 나라. 파르테논 신전 같은 고대 유적지의 나라. 그리스 신화 속의 주인공들을 만날 수 있을 것 같은 신비스런 이미지들로 가득한 나라. 그리스는 오랜 기다림과 상상이 키워낸 나의 환상들을 고스란히 재현해 주었다.

배에서 바라보는 바다와 섬

그리스 육지인 아테네에서 배를 타고 바다로 나가면 바닷물의 색이 점점 파랗게 변하는 것을 볼 수 있는데 컵으로 바닷물을 떠서 확인하고 싶을 정도로 아주 파란색이다. 그런 파란 바다를 항해하다 보면 저 멀리서 하얀색 집들로 덮여있는 섬이 하나 둘씩 떠오르며 나타난다. 그런 그리스의 섬 풍경은 눈을 뜨고 있어도 꿈을 꾸고 있는 듯한 착각을 불러일으킬 만큼 환상적이다.

고대 유적지가 모여 있는 아크로폴리스

아테네에 있는 '아크로폴리스'란 '높은 곳에 위치한 도시'를 말한다. 고대 도시 국가의 중심지다. 고대 도시 국가들에게는 모두 아크로폴리스가 있었는데 거의 사라지고 지금은 '아크로폴리스' 하면 아테네의 아크로폴리스를 의미한다.

아크로폴리스에 가면 프로필레아, 파르테논 신전, 에렉티온 신전, 고대 아고라 등 여러 고대 유적지를 볼 수 있는데 전쟁과 세월로 인해 많이 파괴되었다. 그래서 현재 공사중인 신전이나 지형만으로 그 위치만을 알아볼 수 있는 유적지들은 관광객들에게 아쉬움을 남긴다. 그래도 수많은 사람들을 여전히 아크로폴리스 언덕으로 찾아오게 하는 이유는 세상 가장 높은 곳에 위치한 눈에는 보이지 않는 철학과 문학의 힘이 아닐까 한다. 아크로폴리스 이외에 국립박물관에서 고대 유물을 감상한다면 그리스 신화 속에 있는 듯한 느낌을 받을 수 있다.

걸쭉한 그리스식 커피

그리스의 여름은 40도가 넘는 살인적인 날씨이다. 뜨거운 햇빛 속을 여기저기 걸어
다닐 때는 오븐 속을 걸어다니는 듯한 착각을 불러일으킬 정도이다. 이럴 때 그늘
에서 마시는 아이스커피 한잔은 청량제와 같은 역할을 한다. 스타벅스와 같이 내셔
널한 맛을 유지하는 커피전문점이 아닌 일반 카페에 가서 'Greek coffee'를 주문
하면 걸쭉한 커피를 내어 준다. 건더기가 가라 앉아 있는 걸쭉한 커피는 터키에서
들여온 것으로 정말 맛이 진하다.

김밥 같은 삐따

그리스에서 가장 많이 먹은 음식은 삐따! 동그란
밀빵에 고기, 채소, 감자, 소스를 듬뿍 넣고
돌돌 말아 먹는 음식으로 우리나라 김
밥과도 같다. 특별한 요리법이 없
는 요리여서 평범하지만 그리
스의 빵과 고기 그리고 채소
만으로도 충분히 맛있다. 삐따
외에 그리스식 라자냐인 무사카
Mousaka, 고기를 꼬치 구이한 수블
라끼souvlaki도 먹어 볼 것을 권한다.

가는 방법! 페리타고 섬으로 떠나기 ─────────────

그리스에는 섬이 약 6,000개 정도 된다. 사람들로 북적거리는 섬도 있지만 사람이 살지 않는 무인도가 대부분이다. 육지에서 섬으로 가는 방법은 비행기와 페리가 있다. 산토리니와 같이 관광지로 개발되어 있는 큰 섬은 비행편이 있으나 작은 섬은 비행편이 없으므로 미리 확인을 해야 한다. 페리표는 항구나 시내 곳곳에 있는 매표소에서 예매하거나 구입할 수 있다. 또 인터넷으로도 예약이 가능하므로 한국에서 미리 예약을 하고 가도 좋지만 수수료가 붙는다. 4월초부터 10월초까지가 성수기여서 페리를 이용하는 관광객들이 많다. 그러나 성수기에는 이에 맞춰 운항편도 늘어나기 때문에 최고 성수기인 6~8월이 아닌 이상 굳이 예약하지 않아도 표를 구할 수 있다. 단 장거리 운항 시 객실(Cabin)은 표가 없는 경우가 있으므로 미리 예약하기를 권한다.

▶페리 예약 사이트
미리 예약을 하지 않더라도 페리시간표를 조회해 볼 수 있어 일정을 짜는 데 유용하다.
www.gtp.gr
www.danae.gr
www.ferries.gr
www.ferries-greece.com
www.greekferries.gr

 잘 곳 정하기! 숙소 예약하기 ─────────────

그리스는 관광산업이 활발한 나라이기 때문에 호텔이나 숙박시설이 잘되어 있다. 그러나 성수기에는 구하기 어려우므로 예약하기를 권한다. 그리스 섬 여행의 경우 항구에 도착하자마자 숙소에서 나온 호객꾼들이 페리의 출구에서 기다렸다 여행객들과 흥정을 하기도 한다. 예약을 하지 못했을 경우 여기서 숙소를 고르는 것도 괜찮다. 단, 이때는 시내 안에 있는 숙소나 시내에서 도보로 갈 수 있는 곳을 선택하는 것이 좋다. 대부분의 섬은 교통편이 좋지 않아 렌트를 하지 않으면 자유롭게 이동하기 어렵기 때문이다.

▶숙박예약 사이트
www.hostelworld.com
www.booking.com
hotels.greece-bookings.com
www.bookhostels.com

▶아테네의 추천 숙박
- Athens Backpackers(아테네 백 패커스) www.backpackers.gr
- Easy To Access Hostel(이지 투 어세스 호스텔) www.hihostels.com

▶산토리니의 추천 숙박
- Youth Hostel Oia(유스호스텔 이아) www.santorinihostel.gr
- Stellapension(스텔라 펜션) www.pensionstella.gr
- KIMA VILLA(킴마빌라) www.kimavilla.com
- La meduse Hotel www.lamedusesantorini.com

▶미코노스의 추천 숙박
- Studio Eleni(스큐디오 엘레니) www.studioeleni.com
- Hotel Theoxenia(데오세니아 www.mykonostheoxenia.com

Greece
Index

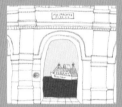

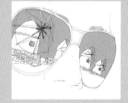

France

많은 화가들이 사랑한 나라
예술과 낭만이 있는 곳

그림 그리는 열정이 시큰둥해지던 날, 나에게 영감inspiration님을 만나게 해 줄 만한 나라로 여행을 떠나고 싶었다. 그래서 다른 화가들은 어디로 여행을 떠났는지 알아보다가 많은 화가들이 프랑스에 머물렀거나 여행을 했다는 사실을 알게 되었다.

고흐가 머물렀던 아를, 샤갈이 정착했던 생폴, 모네의 집이 있는 지베르니(모네는 원래 고향이 프랑스이다), 예술가들이 옹기종기 모여 있는 바르비종, 그리고 많은 화가들의 작품 속에 등장하는 에펠탑이나 퐁네프다리와 불멸의 소재 거리인 몽마르트와 몽파르나스 같은 화가의 마을까지 프랑스 지도를 펼쳐놓고 보면 어느 곳 하나 예술과 무관한 곳이 없다. 더불어 파리에는 40개가 넘는 미술관과 박물관이 있으니 프랑스에 가면 분명 '영감inspiration님'을 만나게 될 거라는 확신이 들었다.

많은 갈증과 기대를 안고 그렇게 떠나게 된 곳이 프랑스다. 프랑스는 내가 생각했던 것보다 더 많은 매력을 가진 곳이었다. 평화로운 전원생활과 낭만을 느낄 수 있는 프로방스, 농익은 와인의 향기가 나는 포도밭, 남부 해변의 반짝이는 바다를 비롯해 프랑스 구석구석은 너무나 예쁘고 사랑스러워서 발길이 쉽게 떨어지지 않았다.

프랑스가 어떤 곳이냐고 묻는다면 지금의 나는 프랑스를 예쁘고 잔잔한 호수 같은 곳이라 말하고 싶다. 프랑스 여행에서 예상치 못하게 예쁜 풍경들을 쉽게 볼 수 있었는데 조용한 숲속을 산책하다 반짝이고 예쁜 호수를 우연히 발견한 느낌이었기 때문이다.

화가들의 발자취를 찾아가보자!

생폴 Saint-Paul

예술가들의 마을로 불리는 생폴은 프랑스 남부에 위치하고 있다. 방스Vence라는 마을 옆에 위치하고 있어 생 폴 드 방스Saint-Paul De Vence라고 불린다. 생폴은 프랑스 남부의 전형적인 마을이다. 프로방스식의 소박한 건물이 촘촘히 들어서 있고 창가에는 예쁜 꽃들이 가득하다. 오래된 건물과 돌길을 그대로 유지하고 있어 중세시대를 배경으로 어느 동화책 속에 들어와 있는 듯한 착각을 불러일으킨다. 생폴은 지금도 예술가들이 모여 작품 활동을 하는 곳으로 샤갈이 말년을 보낸 곳이기도 하다. 골목을 돌아다니다 보면 공예품 가게나 갤러리 또는 작업실을 볼 수 있다. 니스에서11Km 정도 떨어진 이곳은 버스를 타고 갈 수 있다. 니스에 가게 된다면 꼭 한번 생폴에 들러보기를 권한다.

바르비종 Barbizon

농민화가 밀레의 작품인 '만종'의 배경이 되었던 곳으로 유명한 바르비종. 파리에서 남동쪽으로 65Km 떨어진 '퐁텐블로' 근처에 있는 소박한 마을로 이곳에서 밀레가 그린 밀밭과 그가 거주했던 자취를 찾아볼 수 있다. '바르비종파'가 생길 정도로 밀레뿐만 아니라 많은 화가들이 이곳에 머물렀다. 밀레의 작품처럼 시골스러운 풍경과 여유를 느낄 수 있으며 마을 안 돌길을 산책하면서 작은 갤러리들을 구경하는 것만으로도 즐거운 하루를 보낼 수 있는 곳이다. 현재 밀레의 작업실은 박물관으로 바뀌어 방문객들에게 공개 된다. 또 루소의 작업실은 바르비종의 관광안내소로 바뀌었고 바르비종파 화가들이 머물렀던 '간느 여인숙Auberge Ganne'은 박물관으로 바뀌어 그들의 작품과 일상을 보여주고 있다.

바르비종으로 가는 방법은 파리에서 갈 경우, 파리 리옹 역에서 퐁텐블로 Fontainebleau Avon 역까지 기차로 이동 후 역 앞에서 택시나 버스를 타고 15분 정도 가면 된다. 참고로 퐁텐블로 궁전을 돌아볼 경우 퐁텐블로 숲에서 서북쪽으로 도보로 이동이 가능하다.

오베흐 쉬흐 와즈 Aubers sur Oise

오베흐 쉬흐 와즈는 고흐가 생을 마감했던 곳으로 파리에서 기차로 한 시간 정도 떨어진 곳에 위치한 한적한 마을이다. 고흐가 머물렀던 라부여관 l'Auverge Raboux은 현재 고흐의 집으로 바뀌어 있다. 고흐가 그렸던 보리밭, 우체국, 사이플러스나무의 실제 모습을 보면서 산책할 수 있다. 고흐와 테오의 묘지도 있어 고흐의 팬이라면 한번쯤 가볼 만한 곳이다.

아를Arles

아를은 고흐의 대표작들의 배경이 되었던 곳으로 프랑스 남부에 위치해 있는 프로방스 마을이다. 아를의 관광안내소에 가면 아를의 지도를 구할 수 있는데, 곳곳에 고흐가 그림을 그렸던 지역을 상세하게 표시해 놓았다. 지도 한 장을 들고 고흐의 발자취를 찾아다니면서 프로방스의 마을을 구경하다보면 고흐가 사랑했던 아를의 따뜻하고 소박한 매력에 흠뻑 빠지게 된다. 파리에서 갈 경우 리옹 역에서 TGV로 약 3시간에 걸쳐 아비뇽Avignon까지 간 후 이곳에서 아를 행 기차를 갈아타고 20분 정도 가면 된다.

지베르니 Giverny

지베르니는 모네의 집과 정원이 있는 곳으로 모네의 역작인 '수련'의 배경이 된 곳이다. 파리 생라자 역에서 1시간 반 정도 떨어진 버논Vernon까지 간 후 역 앞에 있는 버스를 타고 10분 정도 들어가면 모네의 집이 나온다. 모네의 정원은 그의 그림처럼 흐드러지게 피어있는 꽃과 나무들로 가득하여 예쁜 낙원 같다. 또 그의 집도 공개되어 방문객들을 맞이하고 있다. 정원과 그의 집을 둘러보면 모네는 고흐처럼 비참한 생을 마감한 작가들에 비해 행복한 말년을 보냈음을 알 수 있다.

몽마르뜨 언덕 Montmartre

몽마르뜨 언덕은 파리 북부, 18구에 위치한 언덕으로 파리에서 가장 높은 언덕이다. 사크레쾨르 성당Sacre-Coeur이 올려다 보이는 몽마르뜨 언덕은 '순교자의 언덕'이라는 뜻으로 예술가들이 사랑한 언덕이었는데 피갈을 중심으로 환락가가 들어서면서 예술인의 거리라기보다는 관광지로 변했다. 19세기 피카소, 마네와 같은 거장들이 모여 예술에 대해 논했던 이곳에서 지금은 거리의 화가들이 모여 관광객의 얼굴을 그려주거나 파리의 명소를 그려놓고 팔고 있다. 오히려 화가들보다는 기념품을 파는 가게들로 가득 차 있어 조금은 쓸쓸함을 안겨준다.

와인의 향기에 취해보자

프랑스는 와인의 나라라고 할 정도 전 지역에서 와인이 생산된다. 와인을 좋아한다면 한번쯤은 프랑스 외각에 있는 포도밭을 구경하길 권한다. 현지에서 직접 만든 로컬 와인도 시음해 볼 수 있고, 그에 어울리는 음식도 함께 즐길 수 있다. 와인을 좋아하지 않더라도 구름그림자가 드리울 만큼 드넓은 포도밭을 돌아보며 산책하거나 아기자기한 시골마을을 구경하는 것만으로도 충분히 낭만적인 여행을 즐길 수 있다.

샹파뉴Champagne, 알자스Alsace, 부르고뉴Bourgogne, 보졸레Beaujolais, 프로방스 Provence, 코르시카Corse, 랑그도크Languedoc, 보르도Bordeaux, 루아르Val de Loire가 유명한 와인생산지역이다.

평화롭고 예쁜 낙원 프로방스

프랑스 여행에서 가장 신선했던 지역은 바로 프로방스였다. 인터넷 검색창에 '프로방스' 라는 단어로 이미지 검색을 해보면 예쁘고 사랑스러운 분위기의 수많은 프로방스 스타일 인테리어를 볼 수 있다. 그러나 실제로 본 프로방스는 수수한 시골이었다. 특히 프로방스 하면 딱 떠오르는 예쁜 나무 창문은 오래되어 낡은 느낌이었고, 건물이나 길도 옛날 모습을 그대로 간직하고 있어 편안하고 수수한 느낌을 받았다. 프로방스 마을을 구경하며 산책하다 보면 빛 바란 듯한 오래된 건물들에서 멋스러움을 찾아 볼 수 있다.

혹시 지도에서 프로방스를 찾을 때 '액상프로방스' 라는 지명을 보고 '이곳이 프로방스구나!' 라고 오해할 수 있다. 프로방스는 프랑스 남동부의 옛 지방 이름으로 현재 지도상에서는 그 이름을 찾을 수 없고 '부슈뒤론, 보클뤼즈, 알프드오트프로방스, 바르 주들' 이 바로 그곳이다.

알프스 산맥 끝자락에서 만나는 매력

안시 Annecy

이름이 예뻐서 들렀던 곳 안시는 이름처럼 예쁜 곳이다. 마치 동화책 속의 한 장면 같다. 만년설이 보이는 알프스산맥 아래 바다만 한 옥색의 호수가 있고, 호수 앞 잔디밭에는 해변에서나 볼 수 있는 장면이 벌어진다. 수영복을 입고 요트를 타거나 한가롭게 일광욕을 즐기는 사람들과 한편에서 뛰노는 오리와 백조들이 매우 이색적인 분위기를 연출한다. 이 호수 물을 이용해 마을 곳곳에 수로를 놓아 베네치아를 연상케 하기도 하는 다양한 매력을 가지고 있는 곳이다.

샤모니 몽블랑 chamonix mont blanc

꿈속에서 봤던 장면처럼 하얀 눈 덮인 알프스 산으로 둘러싸인 마을 곳곳에서 눈 녹은 바닷물이 하얗게 흐르던 곳, 샤모니 몽블랑. 이곳에서 캠핑카를 타고 올라가 알프스 산을 구경할 수 있다. 단, 고산증이 있는 사람은 주의하길 바란다. 홈페이지 (www.compagniedumontblanc.com)에서 케이블카 예매를 비롯하여 다양한 정보를 얻을 수 있다.

미술관과 박물관의 집합소 파리

파리와 그 근교에는 100여 군데가 넘는 미술관과 박물관이 있어 예술작품에 푹 빠져 며칠을 보내고 싶은 사람들에게 적극 추천할 만한 곳이다. 대표적인 곳으로는 루브르, 오르세이유, 퐁피두 센터, 오랑쥬리 미술관, 피카소 미술관, 로댕 미술관 등이 있다. 파리 뮤지엄 패스를 구입하면 60개 박물관을 자유롭게 입장할 수 있는데, 파리 뮤지엄 패스로 들어갈 수 있는 유명한 박물관은 7~8군데 밖에 포함되어 있지 않으니, 홈페이지(www.parismuseumpass.com)에서 들어갈 수 있는 박물관의 리스트와 가격을 확인해 보는 것이 좋다.

고속 열차 TGV 타고 프랑스 돌아다니기 ──────────

파리 외각 지역으로 여행할 경우 대중교통으로 TGV(고속열차)를 이용한다. TGV
를 타기 위해 기차역으로 가면 SNCF라는 간판이 크게 걸려 있는데 이는 프랑스의
국영철도회사의 이름을 뜻한다. 마치 한국의 철도회사 이름이 코레일인 것처럼.
TGV 티켓 구입방법은 우리나라와 거의 비슷하다. 기차역에 직접 가서 바로 구매하
거나 온라인에서 예매하면 된다. 또는 동네에 있는 SNCF간판이 보이는 가게에서
도 표를 구입할 수 있다.

▶ TGV 예약 사이트

www.tgv-europe.be/en

온라인에서 예매할 경우 e-ticket으로 프린트할 수도 있고, 예매만 온라인에서 해두
고 기차역에 가서 찾을 수도 있다. 예매할 때 신용카드 넘버가 입력되므로 기차역
에서 티켓을 찾을 때 매표소에서 신용카드의 넘버를 알려주거나 역 안에 있는 자동
판매기와 같은 기계에서 표를 직접 찾을 수도 있다.
주의! 유레일 패스 이용자의 경우 온라인으로 TGV 예매가 불가능하니, 기차역에서
직접 예매해야 한다.

▶ TGV 할인혜택

- TGV는 같은 기차, 같은 자리일지라도 당일 구입하는 것과 일주일 전에 구입하는
것의 가격 차이가 매우 크다. 당일 바로 사는 것이 훨씬 비싸므로 미리 사두면 좋
다. 예매를 미리 해 놓을수록 20~50%까지 할인을 받을 수 있다.
- 만 26세 미만이면 20% 할인을 받을 수 있다. 구입 시 신분증(여권, 학생카드)을 보
여주면 된다.

잘 곳 정하기! 숙소 예약하기 ─────────────

프랑스는 지역마다 관광안내소가 매우 잘 되어 있는 나라여서 도착하자마자 관광
안내소에서 숙소를 문의해 보아도 괜찮지만 한겨울과 같은 비수기가 아닌 이상 미
리 예약하고 가길 권한다. 제일 저렴한 호텔인 유스 호스텔이 각 지역마다 거의 다
있는데 대부분 가격에 비해 시설이 매우 좋은 편이다. 합리적인 성향을 선호하는 여
행자들에게는 유럽 전역에 퍼져 있는 Accor계열의 체인형 호텔을 추천한다. 체인형
호텔은 가격에 비해 깨끗하고 친절하며 대부분 역에서 찾기 쉬운 곳에 위치해 있다.
Accor그룹에서 운영하는 체인형 호텔은 Novotel, Mercure, Ibis, Etap 등이 있다. 1인
실은 없고 2인실과 3인실로 구성되어 있으며 지역마다 가격이 조금씩 다르다.

▶ **프랑스 숙소 예약 사이트**
www.hostelworld.com
www. booking.com
www.accorhotels.com
www.etaphotel.com
www.ibishotel.com
www.hotelformule1.com
www.hotelbb.com
www.premiereclasse.fr

France
Index

p.156 **아를** Arles
반 고흐가 머물렀던 노란 집은 현재 사라지고 없다. 단지 지형으로 위치만 알아볼 수 있을 뿐.

p.158 **아를** Arles
고흐가 머물렀던 아를의 요양원, 에스파스 반 고흐Espace Van Goh.

p.161 **아를** Arles
아를에서 엑상프로방스로 가는 길에 해바라기 밭을 만날 수 있다. 프로방스에서 마을과 떨어진 외각 지역에는 해바라기 밭, 올리브 나무, 라벤더 밭들이 펼쳐져 있다.

p.162 **아를** Arles
밤이 되면 반 고흐의 그림처럼 노란 가스등이 켜지고 사람들로 붐비는 '밤의 카페 테라스'.

p.164 **아를** Arles
프로방스는 프랑스 남동부의 옛 지방 이름이다. 프로방스 지방의 특징은 나무로 된 창문, 해바라기, 사이플러스 나무, 그리고 한없이 따스한 빛이다.

p.167 프로방스 Provence
레 보드 프로방스 돌판에서 본 흰 꽃. 프로방스 지방에서는
사이플러스 나무도 쉽게 볼 수 있다.

p.170 아를 Arles
리스대로에서 300m쯤 떨어진 곳에 있는 한적한 벤치.

p.176 아비뇽 Avignon
이곳에서는 매년 7월 인형극 축제가 열린다. 인형극, 연극, 퍼
포먼스, 작은 콘서트 등 많은 예술가들이 거리 곳곳에서 공연
을 하니 이곳에 올 계획이라면 축제 일정에 맞춰보는 것도 좋
을 것이다. 아비뇽은 파리에서 갈 경우 TGV를 이용하여 2시
간 40분 정도 소요된다.

p.180 아비뇽 Avignon
성 안으로 들어서자마자 이어지는 시원한 가로수 길.

p.182 아를 Arles
아를에서는 새로 건물을 지을 때 오래된 건물과 조화롭도록
벽의 색깔이나 창문 색을 맞춘다. 푸른색의 두꺼운 나무 창문
은 프로방스집의 특징.

p.183 아비뇽 Avignon
성 안의 기념품 가게에서 전통 의상을 입고 있는 인형들을 만날 수 있다. 라벤더 추수를 하거나 빵을 만드는 인형들에게서 옛 프로방스의 생활을 엿볼 수 있다.

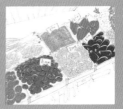

p.185 아를 Arles
매주 토요일 아를의 리스대로에서는 차를 막고 재래시장이 열린다. 야채, 꽃, 치즈, 올리브, 라벤더, 옷, 생필품 등이나 먹거리를 팔고 있어 활기찬 프로방스의 시장 분위기를 느낄 수 있다.

p.190 아를 Arles
오래된 아를의 건물에서 프로방스의 스타일을 느낄 수 있다. 빛바랜 주황색 지붕에 나무로 된 푸른색 낡은 창문은 소박하면서 아름답다.

p.192 아를 Arles
마을 공터에서 할아버지들이 주먹만 한 쇠구슬치기 놀이인 페땅끄petanque를 하는 것을 종종 볼 수 있다. 단순한 놀이 같지만 노인들의 표정은 사뭇 진지하다.

p.197 아비뇽 Avignon
아비뇽 성안의 호텔 중 가장 저렴했던 호텔 미뇽.
www.hotel-mignon.com

주변에 라벤더 밭이나 작은 프로방스의 마을들이 있어 소소한 볼거리를 찾을 수 있다.

프랑스 동쪽에 위치한 알자스 와인가도는 170km에 이르는 보주산맥의 경사면을 포도밭으로 경작한 것이다. 끝도 없이 펼쳐진 포도밭 사이사이에 전통가옥의 구조가 남아있는 예쁜 마을들이 있다. 이 마을에서는 와인을 제조하고 있어 간단한 시음을 할 수 있다.

프랑스의 작은 베니스가 있는 마을로 애니메이션, 〈하울의 움직이는 성〉의 배경이 된 곳이다. 불리는 이 마을은 프랑스 심지어 전 유럽에서 가장 아름다운 마을 중 하나라고 말하고 싶다.

영불 해협에 있는 바닷가 마을. 바다를 사이에 두고 영국과 불과 50km 정도 떨어져 있다. 영국으로의 세력을 넓히기 위해 나폴레옹은 이곳에서 영국으로 넘어가고자 부단히 노력을 했다고 한다. 여기저기 지어져 있는 요새들이 그 시간의 치열한 전투와 사람들의 끝없는 욕망을 보여주는 듯하다.

바닷가 마을에 위치한 조용한 성당, 생 뱅상 대성당 Cathedrale St. Vincent.

당신의 빨간고래는 안녕한가요?

1쇄발행 2010년 4월 15일

지은이 박정아
발행인 백영곤

책임편집 정재은
마케팅 이현정
관리 강미연

인쇄 대일문화사

발행처 도서출판 장서가
출판등록 제313-2007-000211호(2007.10.29)
주소 서울시 강서구 내발산동 750-6번지 신성프라자 5층
연락처 (T)02-2667-8300 (F)02-2667-8301